Veuf cherche
femme immortelle

www.editions-jclattes.fr

Jean-Louis Fournier

Veuf cherche femme immortelle

JC Lattès

Maquette de couverture : Le Petit Atelier.

ISBN : 978-2-709-66996-2

Première édition octobre 2022.

Ma femme Sylvie était très bien élevée, elle aura commis dans sa vie une seule faute de savoir-vivre.

Elle qui s'effaçait toujours, pour laisser passer les autres, est passée devant. Elle est partie la première.

Elle avait beaucoup de qualités, il lui en manquait une : l'immortalité.

Tu es morte le lendemain d'un 11 novembre, un jour férié.

Depuis mes jours sont fériés.

Nous ne vieillirons pas ensemble.

Voilà dix ans que tu as arrêté de vieillir, moi j'ai continué.

Heureusement tu ne peux pas constater l'ampleur du désastre.

Moi je peux. Ma tête a moins de cheveux, mes livres moins de pages.

J'ai fait illusion longtemps, j'étais le vieux qui fait jeune.

Les choses sont maintenant rentrées dans l'ordre.

Je suis le vieux qui fait vieux.

On n'a pas toujours la chance de mourir le premier, le plus dur c'est pour celui qui reste sur le carreau.

C'est pas marrant de finir tout seul.

J'ai besoin d'une compagnie, d'une présence.

J'ai songé quelquefois à me remarier, mais comme je ne veux pas être veuf une seconde fois, je prends mes garanties.

J'ai eu unc idée, j'ai fait paraître une annonce dans le journal.

« Veuf cherche femme immortelle… »

Que penses-tu de mon idée d'annonce ?

Tu ne m'en veux pas ? Tu n'es pas jalouse ?

J'espère que tu te dis : Fournier j'ai eu ma dose, chacun son tour, bon courage à la nouvelle…

La nouvelle, est-ce que je vais la trouver ?

Tu n'as pas à t'inquiéter, elle ne peut pas être mieux que toi, c'était toi la mieux.

Tu as été la chance de ma vie.

Je ne te l'ai jamais dit, je le pensais, je le disais aux autres.

Tu m'as porté à bout de bras avec le sourire. Tu croyais en moi, tu m'as donné confiance, tu m'as fait briller comme les vieux meubles qu'on dénichait dans les brocantes pour meubler nos vieilles maisons.

On était un couple complémentaire. Tu étais le bon, j'étais le mauvais[1].

---

1. Tu crois pas que tu te vantes un peu (remarque de Sylvie).

On pouvait compter sur toi.
Beaucoup ont compté sur toi.

Ton père, quand il s'est séparé de ta mère, a décidé de te confier la marche de la famille, tu as été la mère la sœur l'amie de tous.

Ta sœur, que tu as logée quand elle a été enceinte et chassée de la famille par ton père, très exigeant sur la morale.

Et la multitude de personnes que tu as dépannées…

Tu as été jusqu'à t'occuper de ma première femme, lui trouver un appartement et un mari. Tu t'es occupée de mes deux gamins handicapés avec beaucoup de discrétion.

Tu avais beaucoup de courage pour défendre ceux que tu aimais.

Je n'oublierai pas, toi la bien élevée, tu as craché à la figure d'un journaliste qui m'avait fait du tort.

Je crois que tu es une des rares personnes dont on n'ait jamais dit ni pensé du mal.

Je n'oserais pas dire parfaite, c'est un mot que je n'aime pas beaucoup.

Les gens parfaits manquent de charme...

Nous étions faits pour vivre ensemble, on aurait dû mourir ensemble.

Tu as été ma chance...

Je n'ai plus de chance maintenant, seulement des souvenirs.

Ma rayonnante s'est éteinte, je vis dans la pénombre.

Quand je te disais que tu avais une qualité d'âme, tu riais, tu croyais que je me moquais. Moi je ne sais pas si j'ai une âme, je n'ai pas un mauvais fond, peut-être que je n'ai pas de fond.

On prétend que les morts sont vraiment morts quand on cesse de penser à eux.

Je peux t'assurer que tu n'es pas morte.

Le matin dans les brumes du réveil, quand je vois la place vide à côté de moi, je pense que tu es déjà levée, avec le soleil.

Il m'arrive encore, quand je mets le couvert, de mettre deux assiettes.

J'aimerais tellement t'inviter à ma table, je t'ouvrirais des huîtres et une bouteille de sancerre, je te raconterais des histoires pour te faire rire…

Je ne peux pas t'oublier, je suis entouré de toutes les belles choses que nous avions choisies ensemble.

Dans la chambre devant les fenêtres il y a les rideaux, des indiennes superbes, sur les fauteuils des tapisseries anciennes, sur le lit des boutis provençaux avec des fleurs, et tu m'as laissé dans de beaux draps brodés.

Dans l'armoire noire Napoléon III, il y a des superbes assiettes avec des fleurs peintes et des verres en cristal taillé.

Mon café du matin bu dans des fines tasses de porcelaine décorée est meilleur.

À moi le rustique, tu as appris la finesse.

Tu m'as laissé dans la beauté des choses…

Tu as été mon objet d'art préféré.

La seule chose qui me console c'est que tu as échappé au pire, la longue maladie, la longue descente avec ses fausses joies et ses vrais chagrins.

Toi qui avais la hantise de la vieillesse tu n'as pas vieilli, tu ne t'es pas enlaidie, tu n'as perdu ni la mémoire ni la tête.

Le ciel est plus agréable et plus beau qu'un Ehpad, tous les jours le décor change et on est dorloté par des anges.

J'ai toujours eu besoin de ton avis pour tout.

Pour le décor, pour le choix des couleurs, pour les menus, pour le choix des amis, et surtout pour mes écrits.

Ce qui te faisait rire, je le gardais.

Tu avais bon goût, tu m'avais choisi…

Une fois encore je vais avoir besoin de ton avis.

Je reçois beaucoup de réponses à mon annonce. Certaines, j'aimerais te les faire lire : où faut-il te les envoyer ?

Cimetière du Père Lachaise, Chemin Denon, division 11, cadastre 40 ?

Non, je vais faire comme les enfants qui écrivent au Père Noël. Sur l'enveloppe je vais marquer Ciel.

Cher monsieur,

Je vous écris suite à votre annonce.

Je ne suis pas vraiment immortelle.

Mais grâce à un portrait de moi qui semble éternel, j'ai l'impression de l'être un peu.

Mona Lisa.

PS : Je vous joins une reproduction.

Je lui ai répondu tout de suite, sans attendre ton avis, j'étais émoustillé…

Je te joins ma réponse. J'espère que tu ne vas pas être jalouse.

Chère Joconde,

Votre lettre m'a beaucoup touché. J'ai apprécié votre délicatesse, vous avez utilisé le français pour m'écrire.

Je serais évidemment ravi et flatté de vous rencontrer…

Je vous signale que j'ai un studio près du Louvre, ce pourrait être un pied-à-terre pratique pour vous.

Nous pourrions inviter Léonard de Vinci à boire un verre, j'ai toujours rêvé de le rencontrer.

Avis de Sylvie

Je me demande si c'est raisonnable.

Vas-tu supporter de la savoir tous les jours sous le regard de ses milliers d'adorateurs en short, en train de la photographier ?

Tu vas souffrir.

En plus, excuse-moi, je ne suis pas jalouse mais je ne la trouve pas aussi belle que ça. Elle a un sourire un peu faux cul.

Tu devrais te méfier.

Je préfère sainte Anne, par Léonard, elle est bien plus féminine.

D'elle je pourrais être jalouse.

Cher monsieur,

Votre annonce m'intéresse énormément, j'ai lu votre livre Veuf.

Quel bel hommage à votre femme Sylvie. J'ai en le lisant découvert que j'avais beaucoup de points communs avec elle.

J'aime les vieux meubles, la vaisselle ancienne, j'adore les fleurs et trouve un vrai plaisir à jardiner. Je suis heureuse de faire la cuisine, recevoir des amis et j'aime beaucoup Ravel.

Vous avez eu de la chance de l'avoir rencontrée. Je ne prétends pas la remplacer. Elle devait être irremplaçable.

Je ne suis peut-être pas immortelle mais je pense être faite pour durer et prête à vous consacrer tout mon temps.

Avis de Sylvie

Tu n'as pas compris.

Elle veut que tu lui fasses de la pub, que tu écrives un livre sur elle.

C'est vrai, ton livre était bien réussi, je n'ai jamais eu l'occasion de te le dire, il était sincère et touchant.

Je me suis rendu compte à quel point tu tenais à moi, ce dont je doutais parfois quand je te voyais t'emballer pour des filles qui ne te valaient pas.

Ce que je regrette le plus, c'est que tu aies attendu que je parte pour me dire autant de jolies choses.

Si j'avais su, je serais restée plus longtemps.

Cher monsieur,

Bonjour mon petit Jean-Louis, je t'ai reconnu, c'est Cricri, tu te souviens de moi, si tu t'étais marié avec moi, tu ne serais pas veuf, moi je suis toujours vivante.

Cricri d'amour

Avis de Sylvie

Il doit s'agir d'une ancienne groupie, tu avais dû lui faire des promesses, comme aux autres. Quand tu voulais une fille, tu étais prêt à tout. Laisse-la tranquille, te fais pas de cinéma, elle a dû changer depuis le temps, la pauvre.

Laisse tomber.

Depuis que j'ai 10 ans, je suis amoureux.

J'ai toujours été philogyne, dans une assemblée je regarde surtout les femmes.

La beauté féminine a sur moi une force inouïe. Je suis plus ému par le visage et le regard que par les mensurations.

Mes histoires d'amour se passaient surtout dans ma tête.

À 14 ans, j'ai été amoureux très longtemps, au moins six mois, d'une fille, elle était blonde, je la croisais dans la rue tous les jours en allant à l'école.

Elle ne l'a jamais su. Je ne lui ai jamais adressé la parole.

La seule chose qui soit arrivée, je ne l'oublierai jamais.

Un jour, après l'avoir croisée, je me suis retourné et miracle, elle s'est retournée aussi. Ça a été le grand moment de notre histoire, c'était mieux qu'une déclaration, ça m'a embarqué longtemps dans des rêves délicieux. Ils sont restés des rêves...

Je l'ai revue dix ans plus tard, dans une soirée à Arras, je l'ai trouvée ordinaire.

Elle était fiancée à l'un de mes copains d'école. Ça faisait un couple assorti.

Il était ordinaire aussi.

La beauté féminine me fait perdre la tête.

Il y a cinquante ans, j'étais en R4, je conduisais ma femme à son travail, pas Sylvie, la première, elle travaillait dans les services administratifs de la télévision. Je vois soudain dans la circulation une fille à vélo, superbe, je la suis un moment, puis elle prend une autre rue, je continue à la suivre, ma femme s'inquiète elle va être en retard à son bureau. Je cherche dans les rues voisines, je ne la retrouve pas, je ne la reverrai jamais.

J'ai perdu la tête et la fille.

Ma femme va être en retard à son bureau.

Elle est furieuse.

Quand on m'annonce le décès d'une femme que je ne connais pas, j'ai la tentation, avant de compatir, de demander si elle était belle.

Je songe à Simonetta Vespucci, le modèle de Botticelli morte à 23 ans, quel gâchis…

De la beauté perdue pour le monde. Heureusement qu'il y avait Botticelli…

Monsieur,

Je suis une princesse, ma belle-mère est méchante, je vis dans la forêt.

Je cherche un prince charmant.

Êtes-vous charmant ?

J'espère que vous n'êtes ni simplet ni timide. Je vous espère joyeux.

Quelle taille avez-vous ?

J'en ai assez des petits, je cherche un homme grand.

Je ne désespère pas, un jour mon prince viendra, pourquoi pas vous ? Je vous attends.

Blanche-Neige

Avis de Sylvie

Vas-tu lui avouer que tu es grincheux ?

J'ai toujours aimé les princesses, celles des contes de fées, Cendrillon, Blanche-Neige, la Belle au bois dormant. Plus tard j'ai aimé les vraies princesses, celles de *Paris Match*, Béatrice, Margaret, Anne, Astrid, Paola, Grace…

Toutes celles qui étaient belles, les rois n'ont pas toujours mauvais goût. J'adorais la reine Astrid, la reine des Belges, morte jeune dans un accident de voiture. J'avais vu, quand j'étais petit dans *L'Illustration*, sa photo sur son lit de mort. Elle était belle, comme la Belle au bois dormant… J'aurais aimé la réveiller.

J'aurais bien accepté, malgré le tracas, être roi des Belges.

Bonjour monsieur,

Je me présente, on dit que je suis belle et que j'ai des yeux de velours. Malgré mon sourire et mon air engageant, je vous préviens que je ne veux pas d'amant, je veux du sérieux, un mari soumis.

C'est pour cela que je réponds à votre annonce.

Tchic a tchic a tchic ay ya ya.

Voulez vous être mon bel hidalgo ?

La belle de Cadix

Avis de Sylvie

Attention à Luis Mariano, tu as avoir un rival de prestige.

Cher monsieur,

Votre annonce m'intrigue, j'ai voulu en savoir plus alors je me propose à vous.

Je suis née dans la nuit des temps.

Mon père ne m'a jamais pardonné une grosse bêtise que j'avais faite. Il m'a chassée de chez lui, et il a inventé le péché originel.

Vous m'avez déjà vue, en peinture, j'ai été peinte par Dürer, Brueghel, Michel-Ange, Masaccio… Le Douanier Rousseau qui ne m'a pas gâtée, je me préfère en Cranach.

Je ne suis pas dépensière, je me nourris de pommes, ni coquette, j'ai un budget vêtements modeste, je me contente de ma tenue d'Ève.

J'espère que vous ne serez pas déçu.

Nous avons l'éternité devant nous, pour refaire ensemble un paradis.

Ève

Avis de Sylvie

N'oublie pas quand même que c'est à cause d'elle qu'on risque d'aller en enfer…

Cher monsieur,

Je viens de lire votre annonce, elle m'a touchée.

J'ai pensé à mon amour Paul.

Nous avions passé notre jeunesse ensemble sur l'île Maurice, un paradis. J'ai été obligée de rentrer rapidement à Paris sans avoir pu dire au revoir à Paul.

Pour pouvoir correspondre avec moi, Paul a appris à lire et à écrire.

Puis je suis enfin rentrée, mais le vaisseau qui m'a ramenée a fait naufrage sur la côte de l'île, et je me suis noyée.

Mon Paul est mort de chagrin peu de temps après mon naufrage.

Bernardin de Saint-Pierre qui loge au Père-Lachaise a raconté notre histoire très joliment dans son roman Paul et Virginie.

Nous sommes enterrés sur l'île, côte à côte, sans jamais avoir été mariés.

Je suis libre, libre de vous rencontrer.

Virginie

Avis de Sylvie

Pourquoi tu ne demanderais pas à Bernardin de Saint-Pierre d'écrire notre histoire, *Sylvie et Jean-Louis* ?

Cher téléspectateur,

Est-ce que vous vous souvenez de moi ? Nous avons passé beaucoup de moments ensemble, chaque soir je vous ai parlé. Vous me voyiez mais je ne vous voyais pas, je vous imaginais. Vous deviez être tout petit à l'époque.

J'étais dans votre salon sur une table basse, impeccablement coiffée, bien maquillée, avec toujours un vase de fleurs à côté de moi.

Je n'ai pas changé, je suis fidèle au poste et au noir et blanc.

Je vous propose de vous rencontrer pour ranimer vos souvenirs de jeunesse.

J'ai une surprise pour vous. Je pourrais vous donner en exclusivité les programmes de votre avenir.

Catherine Langeais

Avis de Sylvie

Savais-tu que ta belle Catherine s'est retrouvée un moment dans les bras velus d'un Monsieur très important ?

Penses-tu faire le poids ?

Je ne me réjouirai jamais assez d'avoir viré d'un tournage une scripte sotte et prétentieuse et surtout de la bonne idée de t'avoir envoyée pour la remplacer.

Tu avais un grand béret rouge, tu étais rayonnante et charmante.

C'était un vrai plaisir de travailler avec toi, tu étais rigoureuse, jamais autoritaire, une collaboratrice vigilante, discrète.

Tu étais hors pair chère Sylvie Durepaire.

Nous avions quelquefois des litiges sur la place de la caméra, je ne pensais pas aux raccords ni au montage, toi si, heureusement. J'avais une confiance totale en toi.

Les réalisateurs qui ont travaillé avec toi et pas des moindres, Robert Enrico, JC Averty, Jean Kerchbron, s'en sont toujours félicités, certains étaient un peu amoureux de toi, et me jalousaient.

Tu avais le nez pour les castings. Je me souviens, lors d'une audition de comédien tu avais entendu Juliette Binoche toute débutante et totalement inconnue. Tu l'avais trouvée exceptionnelle et tu m'avais dit, elle réussira.

Tu n'étais pas seulement bonne scripte, tu avais une talent de comédienne.

Tu a prêté ta jolie voix pour un dessin animé que j'ai écrit pour la télévision.

L'histoire d'un oiseau, il s'appelait Antivol, il avait le vertige.

Elle devait dialoguer avec Daniel Ceccaldi qui faisait l'oiseau, essayer de le raisonner, le guérir de son vertige, elle était un peu son ange gardien.

Elle a fait ça très bien, très naturellement.

Dans la vie, elle s'était habituée à discuter avec un mari qui était un drôle d'oiseau.

Elle a été et restera toujours mon ange gardien.

Monsieur,

Je suis prête à vous épouser.

Je suis immortelle parce que je suis déjà morte, et rien de fâcheux ne peut plus m'arriver.

J'ai dégagé en brûlant une divine odeur de sainteté, pourtant je n'étais pas encore canonisée…

Vous avez dû me voir au cinéma, je ressemble à Ingrid Bergman.

Je pourrais vous protéger, être votre garde du corps…

Et vous emmener au ciel, depuis j'y ai mes entrées.

Jeanne d'Arc

Avis de Sylvie

Pourquoi pas ?

Pour être mariée avec toi, il vaut mieux être une sainte…

Senor,

Je suis espagnole, farouche et ombrageuse.
Il n'est pas impossible que je sois immortelle. J'en prends le chemin, j'ai 200 ans.
Je souhaiterais vous rencontrer pour vous faire un gros Bizet.

Carmen

Avis de Sylvie

Prends garde à toi.

L'amour est un oiseau rebelle qui n'a jamais connu de loi.

J'ai une pensée émue pour Teresa Berganza, Carmen immortelle, qui vient de nous rejoindre.

Monsieur,

Je viens de découvrir votre annonce, elle est intéressante et inattendue.

Venez donc vous asseoir sur mes genoux je vous tends les bras. Vous allez apprécier le confort de la récamier et je vais vous raconter ma vie.

Je m'appelle Juliette, je suis née en 1777 et morte en 1849 à Paris, mon mari était banquier, j'étais une femme de lettres.

David a fait de moi un très beau tableau sur ma chaise récamier, il est inachevé.

Quand il a appris que mon mari avait commandé un portrait de moi au peintre Gérard, il n'a pas voulu le terminer.

Juliette Récamier

Avis de Sylvie

Est-ce que tu savais qu'elle a eu vers la fin de sa vie une relation avec Chateaubriand ?

Elle avait pour lui la plus grande admiration.

Ce n'est peut-être pas la peine de lui dire que tu es aussi écrivain, qu'elle découvre que tu as conjugué le verbe péter dans ta grammaire impertinente...

Cher humoriste,

Votre annonce m'a intriguée et amusée, vous devez être amusant, j'aimerais vous rencontrer, j'ai envie de rire.

Sachez que je ne suis pas immortelle et que je n'ai pas du tout envie de l'être…

Avis de Sylvie

Ce courrier est sympathique, elle doit avoir de l'esprit… Tu devrais répondre. Attention avec elle, tu n'auras peut-être pas le mot de la fin.

Quand j'étais petit, le mot que je redoutais le plus était un mot de trois lettres, le mot de la fin.

Il me mettait dans une tristesse infinie.

La fin d'un gâteau

La fin d'un pot de confiture

La fin des frites

La fin d'un Tintin (62 pages)

La fin d'un jeudi

La fin du match de foot perdu

La fin d'un dimanche

Le dimanche se termine mal, il se termine en lundi.

Je n'oublie pas la fin du dimanche à Arras rue de la Paix.

La perspective d'une longue semaine à l'institution Saint-Joseph, avec les curés qui ne me portaient pas dans leur cœur, et, dans l'immédiat, le devoir pas fini que je dois rendre, les leçons pas apprises et l'interrogation du lendemain matin.

La fin des vacances
La fin du bronzage qu'on voit partir avec l'eau, en tournoyant dans la vidange du lavabo et qu'on constate tous les matins dans la glace de la salle de bains.

La fin d'une bouteille
Le mot fin sur l'écran
La fin d'un roman
La fin des fraises
La fin des fleurs
La fin de l'été
La fin des *Quatre Saisons* de Vivaldi
La fin d'une chanson de Brel, « Ne me quitte pas »
La fin d'une histoire d'amour
La fin d'un rêve
La fin du bonheur
La fin des haricots
Et le pire, à venir. La fin de la vie.
La nôtre et celle des autres.
Laquelle est la pire ?

J'ai souvent pensé que la mort des autres est la pire.

J'ai toujours dans ma vie essayé d'être le Premier. J'ai pensé égoïstement que j'aurais la chance de mourir le premier.

Pour ne pas souffrir de n'avoir plus personne à qui on puisse dire je t'aime.

J'ai toujours vécu avec la crainte de la fin des autres, ma mère, ma femme, ma fille, ma chatte…

Toujours des femmes, elles m'auront aidé à vivre, avant de mourir…

Leur grand défaut était d'être biodégradable.

Cher monsieur,

Je réponds à votre annonce.

J'ai toujours été une grande amoureuse, j'avais besoin de l'être pour avoir envie de vivre.

J'ai eu, grâce à l'amour, des chagrins et des joies intenses. Je ne regrette rien.

Mon plus grand chagrin a été la perte de Marcel, la vie l'a arraché à moi, il est parti au ciel sans m'attendre.

Depuis, je suis entrée dans l'éternité en 1963 j'ai pris le même vol que Jean Cocteau.

Avec le temps, je me suis assagie, mais on n'est à l'abri de rien.

Comme l'a écrit Brel, « on a vu souvent rejaillir le feu d'un ancien volcan qu'on croyait trop vieux »...

Je compte sur vous pour une prochaine éruption.

Édith Piaf

Monsieur,

J'ai lu votre annonce avec intérêt et je n'ai pas résisté à vous écrire, c'est mon passe-temps favori.

Nous pourrions nous rencontrer à Grignan chez ma fille, un endroit exceptionnel, le château est du XIIe, le village est couvert de roses et je vous apprendrai à danser le menuet…

J'aimerais vous avoir comme correspondant.

Nous nous écrirons des lettres enflammées.

Marquise de Sévigné

Avis de Sylvie

Sais-tu qu'à Grignan on organise chaque année un salon littéraire de la correspondance. Tu pourrais te faire inviter ?

Cher monsieur,

J'ai lu tout à fait par hasard votre annonce, elle est inattendue…

Moi, je suis une artiste, je fais de la sculpture, j'ai eu un maître, Rodin, dont j'étais la maîtresse, je l'admirais par-dessus tout, il m'a fait souvent mal mais il m'a conseillée, et il appréciait certaines de mes œuvres.

On me trouvait assez jolie, je crois l'avoir été…

J'ai eu une fin de vie très difficile.

À la suite de troubles mentaux ma famille m'a placée dans un établissement spécialisé, je m'y suis mortellement ennuyée.

La terre manquait à mes mains.

Ma famille, que j'ai suppliée de me faire sortir, a fait la sourde oreille, même mon frère Paul, le grand catholique.

Je mériterais maintenant un peu de sérénité.
Pourriez-vous m'aider à la trouver ?
Je ferais votre statue en échange.
Venez donc me voir à Nogent-sur-Seine, 10, rue Gustave-Flaubert, dans mon musée.

Camille

Avis de Sylvie

C'est Camille Claudel.

Ce doit être un personnage attachant mais pas simple.

Je l'ai vue incarnée par Juliette Binoche dans un film de Bruno Dumont. Superbe.

Il m'est arrivé parfois de souhaiter être amoureux, comme Pygmalion, d'une statue de bronze ou de marbre.

J'ai été un moment amoureux du sublime ange de Monteverde que j'avais filmé au cimetière de Gênes pour un film de télévision que je réalisais sur le romantisme et la mort.

Je rêve d'un monde éternel où tout durerait éternellement, les gens, les maisons, les voitures, le plaisir, les sentiments et les chaussettes…

Cher monsieur,

Je viens de lire votre annonce, elle m'a émue.

J'ai appelé mon hoplite et je lui ai dicté ma réponse :

Je suis grecque depuis un bon moment, je suis apparue sur terre en 150 avant JC, je suis un peu immortelle.

Je suis sensible à votre détresse. Quoique de marbre j'ai beaucoup de sensibilité et je souhaiterais vous réconforter, mais je vous dois un aveu, je ne pourrai pas vous serrer dans mes bras.

Je n'ai pas de bras mais j'ai beaucoup de cœur.

Vénus de Milo

Avis de Sylvie

Toi non plus tu ne pourras pas la prendre dans tes bras.

Elle n'a pas osé te dire combien elle pèse.

Malgré tes biscotos t'es pas assez costaud. Elle pèse 900 kilos.

Bonjour cher monsieur,

Je m'appelle Cléo,

Cléopâtre en plus court, il paraît que je suis très belle aussi.

J'adore danser, j'ai dansé à l'Opéra de Paris.

Les hommes m'ont beaucoup aimée, j'en ai fait soupirer plus d'un.

Pas des moindres : Edgar Degas, Toulouse-Lautrec...

Cocteau m'a appelée la Belle des belles.

Les femmes m'aimaient moins, Simone de Beauvoir m'a appelée Cocotte.

Je suis éternelle, vous pouvez venir me caresser les fesses au musée d'Orsay en toute sécurité. Je resterai de marbre.

Je suis aussi en terre, au Père-Lachaise, venez donc me dire un petit bonjour.

Voulez-vous être mon soupirant ?

Cléo de Mérode

Avis de Sylvie

Le coup du marbre tu nous l'as déjà fait dans la lettre de la Vénus de Milo, juste avant.

Fais attention à ne pas te répéter…

Cher monsieur,

J'ai lu votre annonce avec intérêt et j'ai tenu à vous répondre. Je chante, je me présente.

Je suis une jolie môme, je suis toute nue sous mon pull.

Nous pourrions nous rencontrer.

Je chanterai pour vous les chansons de Léo Ferré et celle de Robert Nyel :

« Déshabillez-moi, mais pas tout de suite, pas trop vite, sachez me convoiter, me désirer, me captiver, me capturer… »

Juliette G

Avis de Sylvie

Dis donc c'est chaud chaud chaud…

Cher monsieur,

Je réponds à vore invite avec avidité.

Peut-être que mon nom ne vous dira rien, je suis la poétesse de la Renaissance.

Née en 1524, je suis entrée en éternité en 1566, J'avais 42 ans, c'est vous dire que j'ai de beaux restes.

À une époque où les femmes étaient au chaudron et engraissaient les lardons, j'ai écrit des vers parfois pervers. Seulement 666 vers.

« Je vis je meurs, je me brule et me noye
J'ay chaud extreme en endurant froidure
La vie m'est et trop molle et trop dure
J'ay grans ennuis entremeslez de joye »

Le poète Clément Marot a dit de moi que j'étais tant gracieuse et tant belle. Mon anagramme est Belle à soi.

J'espére que vous ne serez ni déçu ni choqué par mon franc-parler et mon insatiabilité.

« Baise m'encore, rebaise moy et baise
Ainsi meslans nos baisers, tant heureux
Jouissons nous l'un de l'autre à notre aise »

Voyez je n'y vais pas par quatre chemin j'appelle une chatte une chatte.

Venez, je promets de vous épuiser et de vous laisser sur le flanc, doux amant.

Louise Labé

Bonjour monsieur,

Je m'appelle Joanna Hiffernan. Je suis la belle Irlandaise. J'ai d'abord été connue comme la dame blanche, peinte par mon compagnon le peintre américain James McNeill Whistler, un superbe tableau symboliste où j'apparaissais en robe blanche, comme une vierge.

Whistler était le grand ami de Courbet jusqu'à ce qu'il découvre son tableau L'origine du monde.

Mon compagnon, qui connaissait bien le sujet, me reconnut immédiatement. Il entra dans une colère folle. J'avais intérêt à aller me rhabiller.

Avis de Sylvie

Il faut te mettre à la place de Whistler.

Comment aurais-tu réagi ?

Toi qui me faisais un numéro quand je portais une minijupe…

Cher monsieur,

Je vous présente mes salutations, je suis d'accord pour le mariage, je fais bien la cuisine, je vous ferai des gâteaux, avec moi, vous serez heureux comme un petit Jésus.

J'ai un beau visage mais je suis très grosse, il y a de quoi faire avec moi, je suis très affectueuse.

Je ne sais pas si je suis immortelle, mais peut-être bien, je ne suis pas plus bête qu'une autre.

Au plaisir,

Ginette

Avis de Sylvie

C'est toi qui l'as inventée, cette lettre, pour me faire rire ?

Monsieur,

Je m'appelle Marie, comme votre fille je crois. Je suis peintre, j'ai eu un coup de foudre pour un poète, Guillaume Apollinaire, j'étais sa muse, le Douanier Rousseau nous a peints tous les deux dans son tableau, la muse inspirant le poète.

Hélas j'ai dû le quitter, il buvait trop.

Il m'a laissé des jolis poèmes.

« Passent les jours et passent les semaines
Ni temps passé
Ni les amours reviennent
Sous le pont Mirabeau coule la Seine »

Je souhaiterais vous rencontrer, je ferais un portrait de vous pastel avec des couleurs pâles comme je sais faire. Appelez-moi.

Marie Laurencin

Sylvie m'a sorti de mon HLM, et de ma solitude. Je vivais seul, séparé de la mère de mes deux garçons dans la banlieue Est de Paris.

Sylvie a trouvé un appartement à louer dans un immeuble ancien près de Montmartre, rue des Saules. On a mis de la toile de jute sur le mur, c'est devenu un endroit charmant.

Notre métier à la télévision nous permettait des rencontres passionnantes. On a commencé à recevoir beaucoup. Sylvie faisait très bien la cuisine.

Nous avons eu très vite envie d'acheter un appartement à Paris. Nous en avons visité énormément, jusqu'au jour où un agent immobilier nous propose de visiter un local qu'il vient de mettre à la vente, il ne l'a jamais vu, c'est au sixième étage d'un immeuble ancien sans ascenseur.

C'est un atelier d'artiste.

Il est en mauvais état, des vitres sont cassées, réparées grossièrement avec du goudron.

Mais on voit le ciel.

On achète tout de suite le ciel.

Il faudra du temps pour le remettre en état, il deviendra un superbe appartement avec beaucoup de plantes vertes, nous passerons nos soirées sous les étoiles.

Cher monsieur,

Votre annonce m'a touchée, je suis moi aussi veuve. Étrange coïncidence, j'avais pensé à une annonce : « Veuve joyeuse, cherche veuf état neuf ».

Je prends ça bien, j'adore la musique, surtout Franz Lehár mon musicien préféré.

Grâce à lui j'arrive à être joyeuse.

Allons au bal, je vous réserve une valse, vous me ferez tourner la tête… Je vous espère en état neuf cher veuf.

La veuve joyeuse

Avis de Sylvie

Mon pauvre Jean-Louis tu ne sais pas danser la valse, tu vas lui écraser les pieds, elle ne sera plus joyeuse, ta veuve, mais furieuse.

Bonjour monsieur,

J'ai lu votre annonce avec attention, j'étais veuve à 40 ans, j'avais huit enfants.

Mon mari Robert, compositeur, a eu une fin de vie difficile, heureusement j'ai gardé toute ma vie un amoureux discret, Johannes, compositeur aussi. J'ai écrit de la musique, des trios, des valses romantiques, un souvenir de Vienne…

Je ne crois pas beaucoup en moi, le talent de Robert m'étouffe, je me demande si une femme peut être compositeur, je me préfère en interprète.

Je sais que vous aimez le piano, et surtout le Concerto en la mineur *de Robert, je vous promets de le jouer, seulement pour vous.*

Clara Wieck

Avis de Sylvie

Il doit s'agir de la veuve de Schumann, mort dans la folie.

Avec toi, elle ne sera pas dépaysée.

Bonjour amusant monsieur,

Votre annonce m'a amusée et tout ce qui m'amuse me paraît essentiel.

J'étais, paraît-il, belle, je pense que ce n'est pas un défaut.

J'ai d'abord été mannequin.

Un terrible secret a empoisonné ma vie, jusqu'à me conduire dans un hôpital psychiatrique où mon cher père, Monsieur de Saint-Phalle, a souhaité me faire interner. Il connaissait l'origine de mes troubles.

Il m'avait violée quand j'avais 11 ans. La peinture m'a sauvée, j'ai découvert Gaudí et aussi l'amour de ma vie, mon mari l'artiste Tinguely. Nous avons travaillé ensemble. Il est mort.

Pour rendre les gens heureux j'ai créé en Toscane un jardin peuplé de mes créatures pas sérieuses, mes Nanas et mes Vénus.

Je suis éternelle depuis 2002. Comme vous je ne suis pas sérieuse, j'ai toujours été amoureuse du point d'interrogation. J'aimerais bien m'amuser avec vous.

Niki

Avis de Sylvie

Je l'admire, j'ai lu son livre autobiographique *Mon secret*.

Cher monsieur,

Une déclaration de Victor Hugo m'autorise à répondre à votre annonce.

Figurez-vous que le jour de mon entrée dans l'éternité, en 1876, il a dit : « Je pleure une morte, je salue une immortelle. »

Je peux donc légitimement vous faire mes offres de service.

Ne vous inquiétez pas si je signe George, je suis une femme, beaucoup d'hommes et pas des moindres peuvent en témoigner, parlez-en à Frédéric.

Je sais que vous avez été un moment cultivateur, j'ai toujours vécu en bonne intelligence avec les gens de la terre, nos relations étaient faites d'estime et de respect. Je crois que nous pourrions nous entendre.

Auriez-vous envie de barboter avec moi dans la mare au diable... ?

George Sand

Avis de Sylvie

Oui pourquoi pas, mais ne t'aventure pas à lui jouer du piano…

Elle a l'habitude d'entendre Chopin.

Dans notre maison de famille à Arras il y avait un Kriegelstein, un honnête piano, ma mère jouait souvent une valse de Brahms que j'ai encore dans la tête, moi j'essayais de jouer de mémoire ce que j'avais entendu à la radio, je ne connaissais pas le solfège. Mes morceaux de bravoure étaient le début de *La toccata et fugue en ré mineur* de Bach et de la *Symphonie inachevée* de Schubert, je m'étais mis au jazz avec *Tea for Two* et *Summertime*, je jouais d'une seule main.

Je prenais grand plaisir à jouer, plus que ceux qui m'écoutaient.

Cher monsieur,

Je viens de lire votre annonce.

Elle m'a intéressée.

Sachez que j'ai eu une vie turbulente, j'ai eu la chance d'être très jolie, et depuis ma tendre jeunesse le feu couve sous mon panier.

Mes parents ont essayé vainement de l'éteindre en me mettant au couvent.

J'ai été éperdument aimée notamment par un philosophe, je dois avouer que je lui ai rendu la vie dure, je l'ai trompé copieusement et je l'ai fait souffrir…

Le bon abbé Prévost a eu la bonne idée d'écrire mes aventures. Vous pouvez les lire, et si le cœur vous en dit, rencontrons-nous.

Manon

Avis de Sylvie

C'est Manon Lescaut.
Pense à des Grieux, ça te dégrisera.

Cher monsieur,

Bravo pour votre annonce très rigolote.

J'étais chanteuse, j'ai commencé à 16 ans avec Chick Webb.

J'ai arrêté à 80 pour entrer dans l'éternité.

J'ai été accompagnée par les plus grands, Duke Ellington...

J'ai eu une vie passionnante, remuante, fatigante. J'aimerais bien me reposer à côté de quelqu'un de calme, qui écoute de la musique de chambre...

Ella

Avis de Sylvie

Te rends-tu compte de la chance que tu as ?
Une lettre d'Ella Fitzgerald.
Je sais que tu n'es pas passionné par le jazz, c'est pour toi une chance de le devenir…

Sylvie adorait le jazz, c'était une des rares choses que nous n'avions pas en commun, moi j'étais fou de musique classique.

Elle avait une relation difficile avec la musique classique, sa mère était une violoniste professionnelle, très souvent en tournée. Sylvie en voulait à la musique classique, qui l'avait privée de sa mère.

Moi, je l'ai privée de concerts de jazz, elle y allait quelquefois seule.

Elle achetait des disques de jazz, je me souviens de mon soudain emballement pour Chick Webb.

Grâce à elle, j'ai découvert Peterson, Monk, Mingus, Art Tatum…

Cher monsieur,

Je vous écris suite à votre annonce…

J'ai 40 ans, j'ai égaré mon mari, dans une forêt, il y a cinq ans.

Il est parti avec une biche.

Je m'ennuie, je me remarierai bien.

J'habite une grande maison qui me donne du souci, il y a toujours à faire.

Il n'y aura pas assez d'une vie pour la restaurer. Êtes-vous bricoleur ?

Je ne peux pas vous jurer que je suis immortelle, mais je suis de constitution solide, je dois être faite pour durer.

Avis de Sylvie

Ça manque de poésie cette lettre, elle veut un homme à tout faire.

Je ne pense pas que ce soit pour toi, je te vois mal avec une trousse à outils.

Monsieur,

J'ai lu votre annonce avec intérêt je voudrais me présenter à vous, faire un peu connaissance, je vais vous dire ce qu'on dit de moi.

On dit que j'aime les aigrettes, les plus belles toilettes, c'est vrai.

On dit que j'ai la voix qui traîne en chantant des rengaines, c'est vrai.

Lorsque ça monte trop, moi je m'arrête et d'ailleurs on n'est pas ici à l'opéra.

On dit que j'ai le nez en trompette.

On dit que j'ai des belles gambettes.

Mais je ne serais pas Mistinguett si j'étais pas comme ça.

Si vous êtes amateur de belles gambettes on peut se rencontrer, on fera la causette.

Avis de Sylvie

Et mes gambettes à moi ?

Tu ne les regardais plus, pourtant elles étaient chouettes.

Sylvie et moi avons eu l'envie de quitter Paris et notre bel atelier d'artiste.

Nous souhaitions une maison en banlieue, avec un petit jardin où la main verte de Sylvie pourrait faire des merveilles.

Le guide Bertrand est redevenu notre livre de chevet.

On visite beaucoup, avec d'abord de l'espoir, et souvent de la déception.

Un jour, une photo nous attire l'œil.

Au milieu dc centaines de pavillons de banlieue en vente, nous remarquons une villa Art déco.

Le prix est raisonnable.

Il doit s'agir d'une erreur. Nous prenons rendez-vous pour une visite.

Elle est toute blanche avec des colonnes.

Ce n'est pas une erreur, le propriétaire heureusement inculte qui nous la fait visiter, s'excuse presque.

« Elle est étrange, elle ne plaît pas à tout le monde. » J'ai failli lui dire : Ça tombe bien on n'est pas tout le monde…

L'intérieur ne nous déçoit pas, un grand hall avec au fond un superbe vitrail Art déco.

Il n'y a pas eu de restauration, ni de redoutable mise au mauvais goût du jour, les matériaux sont d'époque.

On en apprend un peu plus.

Cette maison était celle de Georges Milton, grande vedette de la chanson populaire : « Je lui fais pouet pouet elle me fait pouet pouet et on se fait pouet. » C'est lui.

Il invitait dans cette maison les vedettes de l'époque, Mistinguett, Maurice Chevalier…

Enthousiasmés nous l'achetons.

Monsieur,

Votre annonce m'intrigue, j'ai voulu vous répondre pour vous proposer une rencontre d'abord...

Et pourquoi pas, plus tard, une liaison comme celles que je préfère, dangereuse.

Isabelle

Avis de Sylvie

Il doit s'agir de la marquise de Merteuil des *Liaisons dangeureuses* de Choderlos de Laclos. Attention à toi grand naïf, avec elle tu t'embarques pour l'enfer.

Elle va te faire jouer les Valmont. C'est pas pour toi, tu es seulement un bon petit diable.

Notre nouvelle maison est près du château de Champs-sur-Marne, nous allons courir souvent dans le parc.

Quand j'ai appris que Stephen Frears y avait tourné *Les Liaisons dangeureuses*, j'ai été pris d'une grande émotion, je m'imaginais à tout moment croiser les sublimes Uma Thurman et Michelle Pfeiffer… J'étais un Valmont en short…

Cher monsieur,

Cette lettre a été écrite cette nuit dans ma cellule, je n'ai pas le droit, je l'ai écrite en me cachant sous le drap. J'avais lu votre annonce sur le journal au parloir pendant la récréation.

Depuis je veux vous rencontrer, je suis mariée avec Jésus mais je le partage avec mes sœurs. Ça me pèse. Je ne suis pas toujours convaincue être la préférée, je voudrais un époux pour moi seule, qui n'aille pas se faire câliner par les autres. J'espère que vous n'êtes pas de ce genre...

Je suis courageuse, j'adore faire le ménage, avec moi faut que ça brille.

Connaissez-vous le film que Alain Cavalier m'a consacré ?

Catherine Mouchet était exceptionnelle dans mon rôle.

Point de vue immortalité, je vous rassure, j'ai été canonisée par Pie XI, en 1925. Je crois à la vie éternelle.

Thérèse de Lisieux

Avis de Sylvie

Ça sent l'eau de rose ton histoire.

Cher monsieur,

Vous allez être étonné de recevoir une réponse masculine à votre annonce.

Je voudrais vous faire profiter de mon expérience, et vous donner un conseil d'ami.

Je suis marié avec une femme que je pense immortelle.

Croyez-moi, ce n'est pas tous les jours dimanche.

Avis de Sylvie

Moi, je connais des hommes immortels tristes comme un lundi…

Je viens de découvrir à la campagne au fond d'une grange une très vieille voiture.

Du lierre l'a envahie, des oiseaux y ont fait leur nid.

C'est une rareté, un cabriolet traction avant Citroën.

Le propriétaire, qui vit à l'étranger, l'a oubliée, je lui propose de l'acheter, le prix est dérisoire.

Le garagiste du village vient la chercher avec sa dépanneuse pour la conduire à son garage, je l'accompagne. Après avoir nettoyé le moteur, mis une batterie neuve et fait quelques réglages, il essaie de la démarrer.

Impossible, puis soudain elle tousse, comme un noyé qu'on vient de ranimer qui après un long bouche-à-bouche recrache de l'eau. Le moteur se met à tourner d'abord en cahotant, puis régulièrement. C'est bouleversant.

Le garagiste est aussi ému que s'il venait de ranimer un mort.

Peut-être est-elle immortelle ?

Un bonheur n'arrivant pas seul, c'est l'époque où je rencontre Sylvie.

J'ai voulu lui montrer ma voiture dont j'étais si fier, elle a eu le coup de foudre.

Chaque été, pendant des années, nous allons parcourir, cheveux au vent, les campagnes de France, l'Oise, le Gard et les Charentes.

Sylvie avait un petit chapeau cloche blanc du plus bel effet, j'étais fier de ma voiture et d'elle.

On écoutait sur l'autoradio une cassette de Trenet, « quand notre cœur fait boum ».

Un jour son cœur a fait boum…

Monsieur,

J'ai été mariée 3 fois, à un poète Franz Werfel, à un compositeur Gustav Mahler, à un architecte Walter Gropius, le fondateur du Bauhaus. J'ai écrit des lieds.

On a dit de moi que j'étais une muse. J'ai beaucoup inspiré avant d'expirer.

Je suis entrée en éternité en 1964 à New York, j'avais 83 ans.

Je suis prête à être votre muse.

Alma

Avis de Sylvie

Comment tu vas faire avec elle qui ne parle que l'allemand ?

Je te signale que je t'aime c'est *ich liebe dich*, ça pourra te servir.

Cher monsieur,

Je viens de découvrir votre annonce. Elle est magnifique, on aimerait être immortelle pour vous rencontrer.

En incarnant les personnages du répertoire, qui sont eux immortels, mon métier m'a permis d'être immortelle.

Vous n'aurez pas à vous déplacer au théâtre. Je viendrai chez vous, déclamer des tirades fameuses, pour vous seul.

Sarah

Avis de Sylvie

C'est Sarah Bernhardt, la grande comédienne. Tu pourras lui donner la réplique, toi qui voulais être comédien.

Depuis mon enfance je rêve d'être comédien, j'ai joué dans une troupe de mime, l'équipe Antoine, où nous revisitions le répertoire des Frères Jacques. Chaque année il y avait à Arras un festival d'art dramatique dirigé par le comédien metteur en scène André Reybaz. J'allais assister aux répétitions qui avaient lieu en plein air. J'étais fasciné par les comédiens. J'ai alors pris la décision de l'être. À 18 ans j'ai voulu m'inscrire au conservatoire d'art dramatique d'Arras. J'ai rencontré le professeur d'art dramatique, André Platel, il m'a proposé de choisir une pièce classique, j'ai choisi *Le Misanthrope*. J'avais déjà une passion pour Molière, j'ai lu le rôle d'Alceste.

À la fin de l'année j'ai joué une scène de *L'Alouette* d'Anouilh, j'étais Louis XI, j'avais un bilboquet à la main. J'ai eu un premier *accessit* et des applaudissements.

Cinquante ans plus tard, quand je suis monté sur scène au théâtre du Rond-Point, tu n'étais plus là. j'ai pensé à toi, à la fierté que tu aurais eue de me voir jouer.

Pour t'avoir dans la salle, j'aurais donné tout l'or du monde. C'est pour toi que je jouais.

Sylvie pensait que j'aurais dû être comédien, son rêve aurait été de me donner un rôle dans un film qu'elle aurait réalisé.

Tu m'as donné mon plus beau rôle.

Un rôle où je n'ai pas toujours été à la hauteur.

Celui de ton mari.

Monsieur,

Votre annonce m'a touchée, je sais que vous aimez Vienne et que vous vous intéressez à la peinture.

J'ai eu l'occasion de voir vos films sur Makart, Klimt et Schiele, très intéressants.

J'ai toujours 60 ans depuis une centaine d'années. Faites-moi signe quand vous venez à Vienne je vous ferai visiter Schönbrunn et nous irons boire un chocolat chez Demel.

Élisabeth de Wittelsbach

Avis de Sylvie

Je parie que c'est Sissi. Fais attention, François-Joseph n'est pas un joyeux drille en plus il déteste l'art moderne.

Il a laissé mettre en prison le génial Egon Schiele et il a fait murer une fenêtre de son château à Vienne pour ne pas voir la maison très moderne de l'architecte Adolf Loos…

Monsieur,

J'ai lu votre annonce avec intérêt, il y manque une information capitale.

Avant d'envisager de faire affaire.

Je voudrais connaître votre situation financière, vos revenus et votre patrimoine ?

Espérance

Avis de Sylvie

Elle est plus intéressée qu'intéressante.

Ne donne pas suite, elle va plumer le vieux coq.

Cher monsieur,

J'ai lu votre annonce et j'ai été sensible à votre solitude.

Que puis-je faire pour vous ?

Je peux vous faire pleurer, si vous voulez, ça vous soulagera.

Je vous chanterai le Casta diva *de Norma.*

Je suis entrée en éternité il y a quarante-cinq ans.

Je suis enterrée au Père-Lachaise, pas loin de Chopin et près de la tombe où repose votre femme Sylvie.

Je vous vois passer parfois avec des roses, elles ne sont pas pour moi…

Vous ne vous arrêtez jamais devant ma tombe.

Maria Callas

Avis de Sylvie

Sais-tu que la Callas a des petits caniches ?

As-tu pensé à la cohabitation avec ta petite chatte Art Déco ?

Maria a été habituée à la grande vie, à mener grand train avec le milliardaire Aristote Onassis.

Vas-tu tenir le choc avec ton compte épargne logement du Crédit mutuel ?

Nous sommes Sylvie et moi dans un hameau de l'Oise, il s'appelle Gizancourt, devant un grand porche de pierre. L'agent immobilier sort d'un grand sac cliquetant de clés un trousseau, nous sommes émus, nous allons enfin pénétrer dans une demeure dont la photo du guide Bertrand nous fait rêver depuis un mois…

Le portail rouillé est difficile à ouvrir comme la porte du paradis.

Il s'ouvre en crissant sur une grande cour en friche, tout y a poussé sans discipline, surtout les orties. L'intérieur de la maison ressemble à une gravure du passé, les toiles d'araignée et le charme sont là, omniprésents, Sylvie et moi nous succombons.

Il nous faudra du courage pour la faire revivre, mais c'est ce que nous aimons faire.

Nous le ferons pour plusieurs maisons que nous réussirons à ranimer.

Au fond de la cour une grange immense où il y aura un jour, à côté de la traction, d'autres voitures anciennes, une Simca 5, un cabriolet Peugeot 404, un coupé Volvo, une Karmane Ghia volswagen, même une vieille Bentley Mark 6… des voitures que j'ai eu envie et réussi à faire revivre et peut-être à rendre immortelles.

Bonjour monsieur,

Votre annonce m'a plu, elle tranche sur la banalité des annonces matrimoniales habituelles ou chacun fait état de qualités qu'il n'a pas.

Moi j'aime beaucoup les voitures de sport, j'ai une Jaguar XK 140.

Je n'aime pas m'ennuyer, j'aime aller vite. j'ai eu souvent des ennuis avec la police. Lors d'un excès de vitesse j'avais dit au policier « Vous avez bonne mine avec votre képi ». J'ai eu beaucoup de mal à convaincre le tribunal que je ne me moquais pas de lui… que c'était un compliment.

J'espère que vous n'êtes pas respectable, parce que je ne suis pas respectueuse.

Françoise Sagan

Avis de Sylvie

J'adore Françoise Sagan. Ses livres sont aussi délicats et subtils que leurs titres, j'en ai lu beaucoup : *Bonjour tristesse*, *Un certain sourire*, *Dans un mois, dans un an*, *Aimez-vous Brahms…*, *Les Merveilleux Nuages*, *Le Garde du cœur*, *Un peu de soleil dans l'eau froide*, *Des bleus à l'âme*, *Un orage immobile*, *Un sang d'aquarelle…*

Est-ce que tu ne risques pas d'être un peu jaloux de ses chiffres de ventes ?

Dans cette ferme de Gizancourt il y a trente-cinq ans nous célébrerons notre mariage, avec plein d'amis.

Sylvie était la plus belle des mariées.

Ma fille Marie était là.

À une amie qui lui avait demandé si c'était rigolo d'assister au mariage de son père elle avait répondu « son enterrement sera encore plus drôle »...

Elle faisait ses premiers pas dans l'humour noir. Avant d'abandonner l'humour et de conserver le noir.

Pierre Desproges, qui était mon témoin, nous fit un discours historique, sucré salé, tendre et corrosif.

C'est dans cette ferme que va naître la Noiraude grâce à mon voisin Patrick, un vétérinaire qui n'a pas supporté de ne pas être immortel.

Cher monsieur,

J'étais ce qu'on appelle une star, j'ai travaillé avec les plus grands, Cary Grant, Gregory Peck… J'ai dansé avec Fred Astaire.

J'ai été le mannequin de Hubert de Givenchy qui a dessiné pour moi les plus belles robes, des jolis chapeaux.

J'ai fréquenté Colette qui m'a choisie pour sa pièce Gigi. *J'ai été mariée avec le beau Mel Ferrer.*

Je suis entrée en éternité à 63 ans après une vie exceptionnelle, trop courte. J'ai maintenant une éternité devant moi, à partager.

Audrey

Avis de Sylvie

Audrey Hepburn était pour moi l'élégance, le charme et la distinction. L'incarnation de la grâce.

À la différence de beaucoup de superbes stars à la beauté parfois provocante, elle était la discrétion. Elle était la femme que j'aurais rêvé d'être.

Rassure-toi chère Sylvie : j'ai trouvé une ancienne photo de toi, à un mariage, tu devais avoir 15 ans, dans ta robe de demoiselle d'honneur, tu ressemblais à Audrey…

Cher monsieur,

La Joconde qui est une copine et une voisine m'a parlé de votre annonce.

Je m'appelle la Belle Ferronnière, *je suis au musée du Louvre, j'ai été peinte par Léonard de Vinci en 1495. Depuis cette date je suis enfermée dans un petit cadre de 62 sur 44 cm. Je me sens à l'étroit et j'ai souvent des crampes dans les bras.*

Votre annonce me fait rêver, je me suis imaginée hors cadre, libre enfin de mes mouvements.

Dans un premier temps vous pourriez venir me voir au Louvre, pour que nous puissions faire connaissance. On ira prendre un thé avec la Joconde.

Bonjour cher monsieur,

Je viens de lire votre annonce avec intérêt, j'étais chanteuse de gospel. Vous devez vous souvenir de In the Upper Room, *un de mes grands succès.*

Je chantais aussi When the Saints Go Marching In, *souvent utilisés dans les super party pour des danses très païennes.*

J'ai atteint the upper room, *il y a cinquante ans, je m'y sens bien, je suis dans la sérénité, au-dessus des nuages.*

Je serais ravie de vous y convier, vous verrez, il y a tout le confort.

Mahalia Jackson

Monsieur,

Votre annonce est insolite mais je vous préviens que je ne veux pas me marier, je considère le mariage comme un asservissement de la femme et je souhaite être libre, je suis une vagabonde. Ma mère était hors du commun, à l'église elle faisait aboyer son chien pendant l'élévation.

La vie pour moi est un jardin où on peut tout cueillir et tout manger, tout quitter et tout reprendre.

Rencontrons-nous, je suis prête à une liaison mais pas à une chaîne, même si elle est en or.

Colette

Avis de Sylvie

Contente-toi de lire ses livres qui sont remarquables.

Cher monsieur,

Votre annonce m'a rappelé une chanson que j'ai écrite…

« Depuis le temps que j'attends mon prince charmant ».

Je l'ai chantée avec Boby Lapointe.

Je suis née en 1934 et morte récemment, j'avais 86 ans.

J'ai écrit quantité de chansons pour les enfants et pour les grands.

J'ai eu du succès, quatre fois le prix de l'académie Charles Cros.

« Je suis une sorcière comme les autres, vous m'avez aimée servante, m'avez voulue ignorante, forte vous me combattiez, faible vous me méprisiez. »

Je ne m'adressais pas à vous, mais à ceux qui m'ont déçue.
Je souhaiterais vous rencontrer,
Vous voir et ne pas vous décevoir.

Anne Sylvestre

Cher monsieur veuf,

Marie Quillouch, une amie, m'a conseillé de vous écrire suite à votre annonce.

Je suis ce qu'on appelle une brave fille de la campagne, je suis toute simple, pas très belle mais fraîche comme une salade. Je suis bien élevée, j'ai appris les bonnes manières en travaillant au château chez Madame de Grand-Air. J'ai pas envie de me marier, mais je pourrais être une dame de compagnie et entretenir votre maison.

J'ai pas beaucoup de conversation mais j'ai du bon sens.

Bécassine

Avis de Sylvie

Elle va t'agacer au bout d'un moment.

Tu attends beaucoup des gens, souvent trop et tu t'ennuies vite, tu veux toujours être étonné.

Je pense que Bécassine n'est pas étonnante…

Elle te préparera tes pantoufles.

Lettre d'adieu à mes pantoufles.

Elles sont dans ma chambre, au pied du lit, avachies, elles ont l'air triste, elles doivent se douter de quelque chose…

Chères pantoufles,

Mes vieux pieds garderont un bon souvenir de vous, vous étiez douces et moelleuses.

J'ai toujours eu beaucoup d'affection pour vous, je m'étais attaché, vous faisiez partie de moi, me séparer de vous est un vrai déchirement. J'aurais aimé que vous soyez immortelles.

Les mules en cuir qu'on m'a offertes sont bien plus belles mais tellement moins attachantes.

Mes chaussures commencent à être fatiguées, comme moi.

Il va falloir en changer.

Le marchand de chaussures m'a proposé un nouveau modèle. Une paire de bottines en peau de caribou. Il assure qu'elles sont faites pour durer cent ans, j'ai dit pas moi.

Je n'ai plus beaucoup de chemin à parcourir et je n'ai pas envie que mes chaussures me survivent.

De toute façon, je n'ai pas besoin d'une paire, j'ai déjà un pied dans la tombe.

Monsieur,

J'ai lu votre annonce avec beaucoup d'attention, je voudrais me présenter à vous. Je ne suis pas née d'hier mais en 720 à Samoussy, un petit village de l'Aisne.

Je suis morte le 12 juillet 783, j'ai éternellement 63 ans.

J'ai eu des enfants dont je suis très fière, notamment ce sacré Charlemagne, qui a eu cette idée folle, un jour, d'inventer l'école.

Mon mari était roi, il est mort jeune à 51 ans, normal, il s'appelait Pépin le Bref.

Je suis libre, et serais ravie de vous recontrer.

Je ne suis pas laide mais j'ai un aveu à vous faire.

Je chausse du 47.

Berthe au Grand Pied

Avis de Sylvie

Si je me souviens bien tu chausses aussi du 47. Quand tes chaussures seront chez le cordonnier, tu pourras lui emprunter les siennes. Vous ferez chaussure commune.

Cher monsieur,

Je m'appelle Magdalena Ventura.

J'ai été peinte par José de Ribera en 1631, le tableau se trouve à Tolède, il me représente avec mon mari, j'ai dans les bras mon enfant que j'allaite.

Je serais ravie de vous rencontrer, je vous réserve une surprise. J'ai un look très particulier. Vous allez être étonné.

Avez-vous une barbe ? Moi j'en ai une, j'étais femme à barbe.

Je l'ai toujours, elle est blanche maintenant.

Caro Signore,

Votre annonce m'interpelle, je suis entrée en éternité il y a trente ans, j'ai suivi mon mari Federico.

J'étais comédienne et un peu clown, j'aime bien émouvoir et aussi faire rire, comme Chaplin…

Est-ce que vous auriez envie de rire et pleurer avec moi ?

Alors faisons un bout de strada *ensemble.*

Giulietta

Avis de Sylvie

Ça ne te fait pas peur de remplacer le grand Fellini ?

Tu es réalisateur mais je ne veux pas te faire de peine, vous ne jouez pas dans la même catégorie.

Tu vois pour une fois, je te dis la vérité toute crue, pas seulement des choses pour faire plaisir.

Cher monsieur,

Je m'appelle Bonne-Maman. Je fais des gâteaux et des confitures, vous avez dû en déguster dans votre enfance.

J'ai lu votre annonce dans le journal et j'ai eu envie de vous faire une proposition honnête. Je suis à la retraite depuis un bon moment et je m'ennuie. Je cherche un homme au bec sucré, pour lequel je continuerai à faire des gâteaux, par amour.

Sachez que c'est moi qui ai fait les madeleines que Marcel Proust adorait et qui l'ont inspiré.

Aimez-vous les gâteaux ?

Avis de Sylvie

Attention à ta ligne et pense au diabète.

Monsieur,

En réponse à votre annonce, je ne suis pas immortelle mais peut-être en train de le devenir. Je suis un régime draconien, je me nourris uniquement d'insectes, je ne bois que de l'eau de la mer Morte. Je suis très mince.

Je risque d'être immortelle dans quelques années, en attendant portez-vous bien.

Avis de Sylvie

C'est pas pour toi, le bon vivant qui adore le vin, je ne te vois pas boire de l'eau de la mer Morte. C'est pas elle qui va te faire des petits plats.

Nous recevions beaucoup, à Gizancourt, chaque week-end la maison était pleine.

Tu organisais tout, avec calme.

Les chambres avaient leurs petits bouquets de fleurs, les beaux draps brodés attendaient les invités. Tu étais vigilante, présente, jamais pesante.

Tes repas étaient toujours réussis, délicats et délicieux. Tu avais l'art des salades légères, je me souviens de celle avec de la mâche, des pamplemousses et des crevettes.

Moi je faisais les courses, je faisais griller le gigot dans la cheminée, j'ouvrais les bouteilles et je faisais l'animation à table.

On commencait à s'intéresser au vin, on faisait des dégustations à l'aveugle pour dénicher le meilleur rapport qualité prix.

On a d'abord été abonné au coteaux-du-lyonnais, puis les vins de la Loire, puis les bordeaux…

Tu avais un fin bec pour deviner les vins.

On n'était pas riche mais on n'était pas fauché, on vivait bien. Tu avais ton salaire de scripte et moi mes cachets de réalisateur.

On a peint les volets, tu as planté des fleurs, j'ai tondu l'herbe. La vieille ferme reprenait des couleurs.

J'oserais dire que nous étions heureux.

Ce n'était pas toujours le paradis, tu m'agaçais parfois avec ta gentillesse insubmersible, quand je t'entendais faire des compliments à des gens qui ne les méritaient pas.

Je t'ai prise souvent en flagrant délit.

Je t'ai entendue dire à celui qui t'offrait un bouquet de tulipes « Que c'est beau, j'adore ». Alors que tu détestes les tulipes.

Ou « C'est délicieux » d'un plat insipide.

Mais le pire pour moi, c'est quand tu riais d'une plaisanterie vaseuse qu'avait faite un ami. J'avais peur que tu fasses pareil avec moi… Au secours Alceste.

Peut-être parce qu'elle avait peur de vieillir et se savait mortelle, Sylvie ne supportait pas qu'on lui souhaite son anniversaire, moi, parfois radin, ça me faisait des économies. Je n'ai jamais su exactement son âge. Pour moi elle était plus jeune que moi, éternellement…

En revanche, elle n'oubliait pas le mien. Elle réunissait en secret mes meilleurs amis dans un restaurant où je les découvrais, ravi.

Elle faisait ça pour me faire plaisir.

Elle aura toute sa vie voulu me faire plaisir.

Cher monsieur,

Je réponds à votre annonce.

J'étais chanteuse d'opéra, vous m'avez peut-être déjà entendue, j'ai souvent chanté Faust *de Gounod : « Ah ! je ris de me voir si belle en ce miroir ».*

Je suis veuve moi aussi, je vis en Syldavie.

Depuis quelques années, je vivais avec un vieux capitaine de marine, il m'a quittée pour les rivages de l'île Noire.

Je ne ris plus.

Je me regarde dans mon miroir pour savoir si je suis encore belle. Personne ne me répond.

Auriez-vous envie de rompre le silence et de me dérider ?

La Castafiore

Avis de Sylvie

T'es pas fana d'opéra, fais provision de boules Quies. Elle n'est pas si belle que ça, il n'y a pas de quoi rire.

Monsieur,

Vous ne me connaissez peut-être pas, je suis restée peu de temps sur terre, vingt-six années.

À Voisins-le-Bretonneux, en banlieue parisienne, il y a une statue de moi petite fille, j'ai un avion en papier à la main.

J'ai toujours été aspirée par le ciel.

Petite, je montais les escaliers quatre à quatre, pour arriver plus vite en haut. Une fois sur terre, je n'ai eu qu'une envie, aller au ciel.

J'ai été aviatrice, j'ai gagné des concours internationaux qui m'ont fait connaître.

C'est mon dernier avion qui m'a envoyée au ciel définitivement. Il s'est crashé à Guyancourt.

Montez, je vous attends. J'ai un biplace et il y a de la place pour deux au ciel.

Je sais que vous aimez les oiseaux, on devrait pouvoir s'entendre.

Hélène Boucher

Avis de Sylvie

Vas-tu lui avouer que tu as le vertige, comme ton oiseau Antivol ?

Sylvie était curieuse du monde. À la différence de moi, elle adorait les voyages.

Je n'aimais pas qu'elle parte faire des tournages à l'étranger, sans moi.

Elle a annulé parfois des voyages professionnels pour ne pas me laisser seul.

Elle voulait que nous voyagions ensemble. Elle devait me forcer.

J'ai souvenir d'un séjour au Sénégal, en Casamance.

À notre arrivée le patron de l'hotel, pour nous souhaiter la bienvenue, a dit : « Ici vous serez tranquilles on est loin de tout, vous ne serez pas dérangés par le téléphone… »

Tout ce qui ne fallait pas me dire. Je souffrais d'angoisses d'abandon, je ne supportais pas d'être seul. La solitude était un supplice et je me retrouvais seul au bout du monde avec la pauvre Sylvie qui devait gérer mes angoisses, ce qu'elle faisait toujours avec délicatesse, mais dépassée parfois.

Le paysage était superbe, nous étions au bord de l'océan, et j'allais pleurer dans la mer.

Monsieur,

Je viens de découvrir votre annonce elle m'intéresse.

J'ai eu une vie étonnante, j'étais une petite bergère dans le sud-ouest de la France, je prenais grand plaisir à garder mes moutons, ma vie était banale, jusqu'à un événement qui a tout changé. J'ai eu une apparition et pas de n'importe qui.

Je suis devenue mondialement connue, et j'ai fait paraît-il des miracles. Plus tard j'ai été religieuse à Nevers, j'ai été canonisée.

Trente ans après ma mort mon corps était parfaitement conservé, ce qui m'autorise à penser que je suis éternelle et que je peux poser ma candidature à votre appel d'offre.

Bernadette Soubirous

Avis de Sylvie

Une bergère pour le cultivateur que tu voulais être et que tu as été un peu, c'est pas un mauvais choix.

Vous pourrez parler mouton.

Monsieur,

Votre annonce m'interpelle, et ma réponse va vous étonner. C'est la première fois que je réponds à ce genre d'annonce. L'archange Gabriel m'a aidée, il m'a prêté une plume.

Je pense être éternelle, mon beau-père jure ses grands dieux que c'est vrai.

J'ai eu par l'opération du Saint-Esprit un grand fils unique de mon premier mari, mais je suis restée vierge.

J'avais passé avec un brave charpentier de longues années paisibles mais un peu ennuyeuses. Maintenant je souhaiterais une vie plus passionnante, je suis sûre que c'est possible avec vous. Je vous connais un peu, je sais que vous avez des drôles d'idées. Vous avez mis ma statue dans les chiottes de l'institution Saint-Joseph, une statue saint-sulpicienne dont j'avais honte. De cela, je vous serais éternellement reconnaissante.

Petite anecdote, on m'appelle l'Immaculée Conception, je n'ai pas le péché originel mais j'ai quelques petits défauts.

Je fume.

Marie (pour les intimes)

Avis de Sylvie

Quand je regarde la *Pietà* de Miche-Ange, je suis bouleversée, elle est sublime.

Elle est belle à se damner.

Je te crois capable de souhaiter être sur ses genoux, à la place du Christ, même mort.

Mon pauvre monsieur,

Je viens de lire votre annonce, j'ai les larmes aux yeux.

Je vous imagine comme une grande endive cuite à l'eau, triste à mourir.

Qu'est-ce que je peux faire pour vous ?

Je peux essayer de vous faire rire, je sais faire, c'est mon métier. Laissez-moi essayer. On a dit de moi que j'étais capable de faire rire les morts.

N'attendez pas, appelez-moi avant, j'arrive.

Jacqueline Maillan

Avis de Sylvie

N'as-tu pas peur qu'elle soit plus drôle que toi ?

Je viens de recevoir une réponse manuscrite de Simonetta Vespucci, écrite en italien, elle est quasi illisible.

Je contemple la lettre, ému, je pense à la main qui l'a écrite, à son bras gracile, à son épaule, à son cou, à ses cheveux d'or, à son sublime visage et à tout le reste…

Elle est morte à 23 ans, mais reste éternelle dans les tableaux de Botticelli.

Qu'est-ce qu'elle a bien pu m'écrire ?…

Nous continuons Sylvie et moi à visiter d'autres maisons à faire revivre.

Prêts à traverser la France pour découvrir le château de nos rêves...

Près d'Uzès, dans les contreforts des Cévennes, nous allons trouver une maison de maître au milieu d'un parc exubérant. L'intérieur est sombre avec des vieux tableaux sur les murs. On apprendra plus tard que l'acteur Pierre Fresnay y a logé dans sa jeunesse.

Nouveau coup de foudre, nous décidons de la restaurer.

Nous ferons même une piscine au fond du parc. Une piscine très modeste mais où l'eau sera toujours bleue comme le ciel.

Quelques années plus tard, ne supportant plus les souffrances d'une pizza dans son four, on quittera le Gard malgré la beauté des paysages, pour aller goûter en Charente la fraîcheur du vent.

J'ai reçu une réponse pesante, elle était gravée sur une pierre.

Monsieur, je suis veuve aussi, mon mari est mort en 1335 av JC, il avait une belle situation, il était roi d'Égypte.

Il s'appelait Akhenaton.

Je ne sais pas si je suis immortelle, j'ai quand même 3 391 ans, c'est un début…

Je suis bien conservée, on dit que je suis toujours belle.

Je serais prête à vous accueillir dans ma pyramide et à vous offrir ma beauté…

Néfertiti

Avis de Sylvie

Te vois-tu habiter dans une pyramide sans fenêtre, toi le claustrophobe ?

Cher monsieur,

Votre annonce a retenu mon attention.

Je suis hors d'âge, pas hors d'usage.

Tout le monde sait que c'est dans les vieilles marmites qu'on fait la meilleure soupe.

J'ai les yeux améthyste.

Je souhaiterais vous rencontrer, savoir si vous-même êtes immortel et surtout voir dans quel état vous êtes.

Avis de Sylvie

L'expression « vieilles marmites » devrait t'inquiéter malgré les yeux améthyste. Il serait prudent de lui demander une photo, récente.

Monsieur,

Je viens de découvrir votre annonce dans le journal, j'imagine que c'est une plaisanterie, elle est plaisante ma foi et je succombe.

Figurez-vous que j'ai un compagnon de route et de longue date qui ne supporte pas la plaisanterie, il prétend ne jamais feindre et dire toujours la vérité, ceci est louable mais ennuyeux continûment.

Mentir, c'est se servir de son imagination, sa fantaisie, c'est rêver, c'est inventer, c'est enjoliver, par des propos légers, une pesante réalité. C'est sortir de l'ordinaire.

Je ne voudrais pas que mon ordinaire soit ordinaire.

Essayons de nous rencontrer.

Je vous souhaite cher monsieur de belles extravagantes.

Célimène

Avis de Sylvie

La pauvre Célimène, si elle savait, elle est retombée sur un autre Alceste…

Un bougon qui n'ose pas dire merci, ni des mots gentils. Un bougon qui confond tendresse et faiblesse, qui veut se fâcher, qui ne veut pas trahir son âme, être sincère, vouloir toujours dire la vérité, surtout quand elle n'est pas bonne à dire.

Mais tu sais être gentil quand tu veux…

Elle a raison Sylvie, une pudeur imbécile me paralyse, je fais très rarement des compliments.

Quand je la trouvais charmante je ne savais pas toujours lui dire.

Peur d'être mièvre et ridicule ?

Quand il s'agit d'être gentil, je reste maladroit et sans voix.

Autant quand je suis en colère et indigné les mots me viennent aisément. Je deviens un bulldozer capable d'écraser une fleur.

Toi Sylvie, tu étais tout le contraire, ton plaisir était de faire plaisir, tu sentais ce qui faisait plaisir, tu avais l'art de faire des cadeaux, tu tombais toujours juste. J'ai encore le souvenir du téléphone portable que tu m'avait offert, à l'époque, ils étaient rares et très chers.

Il me permettait de t'appeler de ma voiture pour te prévenir de mon arrivée, tu pouvais mettre tes petits plats au four.

Tu avais beaucoup de qualités.

Ça m'agaçait, moi qui avais beaucoup de défauts.

Monsieur,

Votre annonce m'intéresse, j'appartiens à la mythologie grecque. J'ai un fils Télémaque, j'ai un mari mais il parcourt le monde, il est toujours en voyage et je ne le vois plus, je m'ennuie, alors je tricote avec son chien Argos à mes pieds...

Des prétendants me harcèlent, mais ils ne me disent rien. Moi non plus je ne leur dis rien. Je promets de leur donner une réponse, mais seulement quand j'aurai terminé mon tricot, il est sans fin, chaque soir je le détricote parce que je n'ai pas envie de me décider.

Votre proposition vient à point, vous êtes peut-être ma solution.

Je ne suis pas laide, je suis chaste et fidèle.

Pénélope

Avis de Sylvie

J'ai fait ma petite enquête, son mari s'appelle Ulysse, pourquoi est-il parti si longtemps ?

Peut-être qu'il y avait de l'eau dans le gaz, et puis qui te dit qu'il ne va pas revenir avec un grand sourire, un bouquet d'anémones de mer et des croquettes pour son chien ?

Tu n'as aucune garantie. Réfléchis Jean-Louis…

Cher monsieur,

Votre annonce m'a interessée. En tant qu'amateur d'art vous devez me connaître, je suis la jeune fille endormie peinte par Chassériau.

Depuis cent soixante-dix ans que Chassériau m'a fait poser, je me suis réveillée, je suis toujours nue, je n'ai pas changé, pas une ride, pas un bourrelet, toujours un corps de jeune fille, je ne peux rien vous cacher. Magie de la peinture.

En revanche je ne connais rien de vous.

Êtes-vous beau ? Voulez-vous que je demande à Chassériau de vous peindre nu et de vous rendre éternel ?

Justine Pilloy

Cher monsieur,

Votre annonce m'intéresse, peut-être me connaissez-vous ? Je suis la femme au bouquet de violettes.

J'étais modèle d'un peintre célèbre.

J'étais sa belle-sœur, il devait me trouver pas mal, il m'a peinte plusieurs fois.

J'étais peintre moi-même, la seule femme chez les impressionistes, à une époque où le mot peintre ne se mettait pas au féminin.

Je suis entrée en éternité en 1895, j'avais 54 ans.

Je souhaiterais vous rencontrer, pas pour faire votre portrait, je n'ai plus besoin de modèle, j'ai besoin d'une compagnie.

Berthe Morisot

Avis de Sylvie

Le peintre célèbre c'est Édouard Manet, le polisson qui a eu le culot de peindre une dame toute nue.

Cher monsieur,

Votre annonce m'a fait rêver. Je suis en province où j'habite, avec des rêves trop grands, une maison trop petite.

Peut-être pourriez-vous m'aider à agrandir mon horizon.

Emma

Avis de Sylvie

Je reconnais l'expéditrice, c'est Emma Bovary, elle fait le coup à tous les hommes.

Méfie-toi.

Ne crois pas que je sois jalouse, c'est pour ton bien.

Douce Sylvie, je n'oublierai jamais que j'ai failli te perdre, je t'avais poussée à bout, comme je sais le faire...

Tu es partie en tournage en province, tu as rencontré dans l'équipe quelqu'un de sympathique, tu es rentrée un week-end et la personne sympathique t'a appelée, je t'ai fait une scène. J'étais pris de panique, ce n'était pas seulement de la jalousie, c'était la peur de te perdre. Et d'être perdu.

Je mesurais la chance que j'avais, je savais que sans toi j'allais m'effondrer, tu étais mon échafaudage, un espalier pour tenir droit, ma ceinture de sécurité.

Sans toi j'allais droit dans le mur.

Jamais je n'ai imaginé te quitter pour une autre. J'avais des coups de cœur, pour beaucoup d'autres, où le mot cœur n'avait pas grand-chose à voir. Je te trompais souvent avec des filles qui n'avaient pas tes qualités, mais de gros nichons.

J'avais une théorie, je te disais que j'étais de la limaille de fer, j'étais irrémédiablement attiré par les aimants, je ne pouvais pas leur échapper.

J'avais envie de te tromper très souvent et pas seulement envie…

Pardon Sylvie.

J'ai des remords infinis de t'avoir trompée.

J'ai besoin d'une éternité pour te dire autant de pardons que de fois où je t'ai trompée.

PARDON PARDON

(J’en ai mis 52, c’est approximatif.)

Remarque de Sylvie : Mon pauvre Jean-Louis, tu ne peux t'empêcher de te vanter.

Bonjour jeune homme,

Suite à votre annonce, je vous signale que je suis peut-être immortelle, j'ai entre 200 et 300 ans, je ne me souviens pas bien, j'ai la maladie du docteur Alka-Seltzer.

Avis de Sylvie

Je suis sûre que c'est toi qui as inventé cette lettre.

Je m'appelle Peau d'Âne, je viens de lire votre annonce, je suis veuve de mon père. Et en deuil.

Ma robe couleur du temps est maintenant noire.

Voulez-vous être mon arrière-grand-père ?

Cher monsieur,

Votre annonce m'a touchée, j'ai ressenti votre solitude.

J'ai eu une vie difficile, vous aussi je crois. Malgré des problèmes de santé j'ai quand même pu exercer mon métier de pianiste jusqu'à la fin. Je n'ai pas eu de vie de famille, j'ai passé ma vie surtout avec Mozart, il ne m'a jamais trompée, moi non plus, à part quelques passades avec Scarlatti et Ravel.

J'ai toujours été étonnée de mon succès, même un peu gênée quand on m'applaudissait.

J'ai cotoyé les plus grands chefs, Igor Markevitch, Willem van Otterloo, Giulini, Karajan…

Je sais que vous aimez Mozart, on pourrait en parler ensemble, si vous voulez. Je crois que je l'ai fait aimer à beaucoup.

Accepteriez-vous ma compagnie ? Je vous préviens, je n'ai pas un look de star.

On m'appelait la sainte du clavier.

Clara Haskil

Cher monsieur,

Je sais que vous aimez beaucoup mon frère, tout le monde l'aime.

Auriez-vous envie de devenir son beau-frère ?

Il vous suffirait de m'épouser.

Je suis sa sœur.

Je m'appelle Maria Anna Mozart, et je joue du piano (Nannerl pour les intimes).

Sylvie va vivre une aventure passionnante.

Elle va réaliser un film de fiction pour la télévision. Sur le générique on va pouvoir lire « un film de Sylvie Durepaire ».

C'était peut-être le rêve de sa vie professionnelle.

Elle avait réalisé beaucoup de documentaires, mais jamais de fiction.

Elle avait comme scripte aidé les réalisateurs à faire leur film, cette fois elle faisait son film, elle allait diriger des comédiens, une équipe de techniciens. C'était une aventure exceptionnelle.

Le film s'appelait *L'Été de Mathieu*, il fut sensible et délicat.

Grâce à ce film, Sylvie a découvert la Charente-Maritime, elle y a pris goût. Nous avons décidé d'y chercher une nouvelle maison.

Nous sommes en Charente, nous allons visiter une propriété à vendre. les photos de l'annonce ne sont pas exceptionnelles, la réalité l'est.

Habituellement c'est le contraire.

Sur la place du village, une propriété hirsute d'arbres et de broussailles, le charme d'une maison abandonnée, une longue grille ouvragée et rouillée l'entoure. La maison est ouverte, personne à l'intérieur, on entre, on la traverse pour ressortir derrière, dans un parc en friche, et là, émotion.

Une petite chapelle en pierre, du XIe siècle, superbe.

Nous allons restaurer, ranimer cette propriété moribonde, y découvrir des merveilles, des tommettes anciennes, des cheminées du XVIIe.

Elle va devenir une résidence pleine de charme, de fleurs et de vieux meubles de famille de Sylvie.

Le parc sera planté par Jean-Pierre Daniez le pépiniériste, devenu un ami.

Sylvie plantera des roses trémières, le long des murs.

Beaucoup d'amis viendront en vacances.

Une année, Lucile, une pianiste qui prépare un concert pour la rentrée, enchantera notre été avec une des dernières sonates de Haydn en *mi* bémol majeur.

Le charme disparaîtra subitement le 12 novembre 2010. Avec Sylvie. Ce jour-là, la maison perdait son âme dira mon ami Michel.

Je revends la maison.

Les nouveaux propriétaires m'ont proposé une chambre.

J'ai peur d'y retourner.

Je préfère rester dans mes souvenirs du passé… et je feuillette un beau livre de photos de ce temps béni.

Herr Fournier,

Je suis allemande, excusez mon français approximaire.

J'ai eu une vie difficultueuse, mon mari n'était pas commode, un peu tyran sur les bords. Il était affectueux seulement avec son chien.

Je crois avoir mérité une éternité paisible et sereine.

Pensez-vous pouvoir me l'offrir ?

Je ferais des photos de vous, c'est mon métier.

Eva Braun

Cher monsieur,

J'espère que vous n'avez rien contre les aristocrates, je m'appelle Marie Anne Charlotte de Corday, on me connaît sous le nom de Charlotte Corday et je préfère.

Je ne regrette pas d'avoir assassiné Marat, ne serait-ce que pour avoir donné à David l'occasion de faitre un superbe tableau. Et surtout, avec un couteau de cuisine, j'ai mis hors d'état de nuire « l'Ami du peuple » et j'ai sauvé des milliers de vies, mais j'ai perdu la mienne.

J'ai été guillotinée à l'âge de 25 ans. Je n'ai pas eu le temps de vieillir…

Je serais ravie de vous rencontrer, je vous parlerais de mon ancêtre Corneille.

Charlotte

Avis de Sylvie

Cette fille est extraordinaire, elle a donné sa vie… pour les autres.

Mais sois vigilant quand tu prendras ton bain. Ferme la porte à clé.

Cher ami,

J'ai lu par hasard dans le journal votre annonce et j'ai eu envie de vous répondre.

Ma vie a été une vraie pièce de théâtre, elle a été marquée par un événement tragi-comique.

Nos pères respectifs, de mon mari et de moi, ont voulu s'entretuer. Quoique grands d'Espagne ils se sont battus comme des chiffonniers, mon père a eu le dessus, et le père de mon mari, Don Diègue, a demandé à son fils Rodrigue de le venger.

Mon mari s'est retrouvé dans une situation cornélienne, il allait devoir rosser son beau-père.

J'ai compris et j'ai pardonné.

Vous n'avez pas oublié mon « Va, je ne te hais point ». Je venais d'inventer la litote.

J'aimerais bien faire des litotes avec vous.

Chimène

Avis de Sylvie

Te souviens-tu du comédien qui a joué dans *Le Cid* au TNP ? C'était Gérard Philipe.

Tu ne crois pas que si tu reprends le rôle de Rodrigue, tu mets la barre un peu haut ?

Cher monsieur,

Je ne réponds pas en général aux annonces des journaux. Votre annonce m'a étonnée.

Dans les années 70, j'étais célèbre et connue, on me voyait, dans les magazines et dans les publicités à la télevision.

Ça ne m'est pas monté à la tête.

Qu'est-ce que vous attendez d'une femme immortelle ?

Moi, je peux assurer l'entretien de votre linge personnel et linge de maison, j'ai une grande expérience et un vrai savoir-faire.

Je serais une mère poule, je vous couverais comme un petit poussin. Je repasserais vos ailes et je les amidonnerais.

La Mère Denis

Cher monsieur,

J'ai hésité avant de vous répondre. Je me présente, je m'appelle Olympe. Je ne sors pas de la cuisse de Jupiter, mes parents étaient des gens modestes, mon père artisan boucher, ma mère servante.

Je suis née en 1748, ce qui ne nous rajeunit pas.

J'ai passé ma vie à combattre l'injustice et l'esclavage. J'ai écrit une Déclaration des droits de la femme.

Je pense avoir été une des premières féministes. Je ne me suis pas contentée de mettre un e *à auteur, mais à guillotinée.*

J'ai été guillotinée en 1793, place de la Révolution à Paris, j'avais 45 ans.

Je souhaite une éternité douce avec un homme comme vous qui aime les femmes.

Olympe de Gouges

Avis de Sylvie

On ne dira jamais assez de bien de cette femme extraordinaire.

Est-ce que tu la mérites ?

Cher monsieur,

Vous ne me connaissez pas, vous êtes excusable, personne ne me connaît, on ne parle jamais de moi.

Peut-être parce que mon nom est imprononçable ?

Je m'appelle Schjerfbeck.

Je suis une peintre finlandaise.

J'ai fait beaucoup de portraits.

Je n'appartiens à aucun mouvement et ne veux suivre aucun isme. Je suis moi.

Vivre seule est toujours ce à quoi j'ai aspiré.

Je suis entrée dans l'éternité en 1946. Je commence seulement à être connue et reconnue.

Parler d'art avec vous et regarder ensemble des reproductions me serait doux.

Helene Schjerfbeck

Monsieur,

Je ne réponds jamais à cette sorte d'annonce, cette fois je m'offre un caprice. J'en ai la légitimité, je suis immortelle depuis janvier 81.

Ce jour-là j'ai été reçue à l'Académie française par Jean d'Ormesson.

Il m'a avancé un fauteuil et m'a accueillie avec des phrases ondulantes et douces comme les monts des Flandres où j'ai passé mon enfance dans les sous-bois et les jacinthes.

Je crois savoir que vous êtes du Nord, je serais ravie de partager des frites avec vous et boire une pinte de bière sous un ciel immense, comme le vent du Nord sait les brasser.

Marguerite

Avis de Sylvie

Te rends-tu compte de la chance que tu as, une lettre de Marguerite Yourcenar, un des plus grands auteurs contemporains.

Profites-en pour lire ou relire les *Mémoires d'Hadrien*, *Le Coup de grâce*, *L'œuvre au noir*...

À Paris au dernier étage de la maison, nous avons une grande pièce pleine de livres. Sylvie les avait lus presque tous, moi je connaissais les couvertures et les premières pages…

J'ai de plus en plus de peine à lire, je m'intéresse trop à moi, pas assez aux autres et à ce qui leur arrive.

Sylvie c'était le contraire, elle ne s'intéressait pas à elle, seulement aux autres. Elle était plus curieuse que moi, et plus cultivée.

J'ai toujours pensé que la culture est la récompense de la curiosité.

Elle était capable de lire des livres gros et lourds comme des parpaings.

Bonjour,

Je m'appelle Louise, j'ai tout fait : j'ai été blanchisseuse, dompteur de fauves et surtout danseuse de french cancan. J'ai côtoyé des personnalités, j'ai tutoyé des rois, j'ai voulu tuer mon mari…

J'ai eu un grand ami, il avait des petites jambes mais un grand talent, il a fait des portraits de moi qui m'ont rendue immortelle, il s'appelait Toulouse-Lautrec.

Est-ce que tout ça vous donne envie de me rencontrer… Êtes-vous bel homme ?

La Goulue

Avis de Sylvie

Je ne te vois pas dans ce monde-là, t'aimes pas sortir le soir, tu te couches à 9 heures.

Monsieur,

Je ne suis pas belle, mais grâce au ciel je ne suis pas immortelle, j'aimerais bien que ça finisse un jour, j'en ai marre de voir ma tête dans la glace...

Vous devez souhaiter une belle immortelle.

Vous êtes mal tombé. Je ne suis ni belle ni immortelle. Je n'ai aucun intérêt pour vous.

Vous n'avez aucun intérêt pour moi, je ne sais pas pourquoi je vous ai écrit.

Parce que je m'ennuie.

Caro Jean-Louis,

Je viens de lire votre annonce.

On m'appelle la Fornarina, j'ai été le modèle de Raphaël, je suis moins connue que la Joconde, mais je suis belle aussi, pas le même genre, je suis plus populaire, j'ai une belle poitrine…

On ne se souvient plus de moi. On a donné mon nom à une pizza.

On pourrait se rencontrer, j'ai plein d'anecdotes à vous raconter sur Raphaël.

Il aimait beaucoup les femmes, on a dit qu'il était mort d'abus de plaisir. Je me sens un peu coupable. Il avait 37 ans.

Avis de Sylvie

Tu crois pas que mourir de plaisir à ton âge, c'est un peu tard ? Maintenant c'est plutôt plaisir de mourir.

Cher monsieur,

Je ne suis pas une poire, je suis la fille de Zeus. La belle Hélène.

Je suis en toute simplicité la plus belle femme du monde, je me suis mariée avec Ménélas, roi de Sparte. J'ai été enlevée par Pâris, prince de Troie, ce qui a déclenché la guerre de Troie qui, malgré ce que prétend Jean Giraudoux, aura lieu.

Offenbach m'a mise en musique avec beaucoup d'entrain et d'humour dans un opéra comique et irrésistible, il en a profité pour brocarder les mœurs de la cour de Napoléon III et les opéras à la mode.

Je me laisserais bien enlever par vous, cher monsieur.

La belle Hélène

Avis de Sylvie

Veux-tu que je te fasse une poire Belle-Hélène ?

Notre dernière maison, peut-être la plus charmante, est dans « la campagne à Paris » sur une colline du xxe, en meulière avec un petit jardin et des arbres.

Au milieu d'habitations ouvrières pleines de charme, avec des voisins qui aiment les fleurs, les chats et les oiseaux.

Elle avait besoin d'être restaurée, nous avons continué à parcourir les brocantes pour trouver, cette fois, des meubles Napoléon III. Sylvie a planté des roses.

Heureux hasard nous sommes proches du Père-Lachaise, nous y avons de plus en plus d'amis.

Cher monsieur,

Je retiens votre annonce, elle est inattendue et délicate, vous aimez les femmes et vous en avez besoin, moi aussi.

Je suis entrée en éternité à 80 ans, je réside au Père-Lachaise avec deux amies américaines, Anna et Nathalie.

Habillée en homme, j'ai beaucoup fréquenté les foires agricoles les marchés aux vaches, aux chevaux, pas pour les acheter, pour les peindre.

J'ai eu du succès, j'ai eu la Légion d'honneur, j'étais connue surtout en Amérique mais hélas beaucoup moins en France.

La compagnie d'un homme me serait douce.

À vous qui adorez les animaux, je suis prête à offrir mon nom, je m'appelle Bonheur.

Rosa Bonheur

Monsieur,

Je réponds à votre annonce, je voudrais vous raconter mon histoire.

En 1100, j'étais novice, et je suivais les cours de théologie, à Notre-Dame de Paris. Le professeur était passionnant et séduisant. Nous sommes tombés follement amoureux l'un de l'autre et nous avons commis l'irréparable. Les autorités religieuses qui ne badinent pas avec ces choses-là l'apprirent et elles lui coupèrent les couilles et moi je fus cloîtrée à l'abbaye d'Argenteuil.

Nous nous sommes écrit alors en latin, les plus belles lettres d'amour.

Mon amour est entré dans l'éternité en 1142, moi en 1164, j'ai demandé à être enterrée avec lui, nous sommes au Père-Lachaise.

Je vous vois souvent passer avec des roses.
J'aimerais bien vous rencontrer.

Héloïse

Avis de Sylvie

Tu vois, grâce à moi, tu te fais des relations, mais attention, pense à ce qui est arrivé à Abélard…

J'ai failli lui répondre :
À mon âge, ce ne serait pas dramatique.
Aussi bénin que l'amputation d'un orteil à un cul-de-jatte…

Je suis devenu un habitué du Père-Lachaise, en plus de ma femme Sylvie, beaucoup d'amis y résident, l'endroit est recherché, on y côtoie du beau monde.

Il y a sous la terre beaucoup de gens que j'aurais aimé connaître.

Je me sens bien au Père-Lachaise. C'est pour moi le dernier salon où l'on cause, j'y retrouve des vieux amis, au-dessus et en dessous.

Récemment j'ai revu un très vieux comme moi, j'ai demandé des nouvelles de sa femme, il a répondu en soupirant : « Toujours là. »

Sa femme est centenaire, solide comme un roc et d'un ennui mortel..

À ses amis proches, il ne dit pas qu'elle est éternelle. Il dit : « Elle est sempiternelle. »

L'immortalité des uns ne fait pas toujours le bonheur des autres.

Mais toi, tu n'étais pas d'un ennui mortel.

Je suis au Père-Lachaise, je plante un rosier sur la tombe de Sylvie. Pendant que je jardine, une femme s'approche pour photographier sa tombe. Sur la tombe, il y a écrit, en dessous du nom de Sylvie et de ses dates, mon nom, pour justifier le nous de l'épitaphe : « Finalement nous ne regretterons pas d'être venu. »

Un moment j'ai pensé faire graver sous mon nom, en guise de date, « prochainement ».

Je lui demande pourquoi cette tombe.

Elle me dit vous êtes Jean-Louis Fournier, je lis vos livres.

Je suis flatté et fier.

Sylvie ne peut arrêter de me faire plaisir, elle continue à faire ma promo…

Elle a mérité son rosier.

Monsieur,

J'ai été bouleversée par votre appel au secours. Comme vous, j'ai connu des moments d'intense désespoir.

Je suis entrée dans l'éternité dramatiquement, je souffrais trop. J'avais perdu Hamlet, j'ai perdu la tête avant de perdre la vie.

Après avoir cueilli des fleurs au bord d'une rivière, je me suis noyée.

Je n'ai pas envie d'être malheureuse toute l'éternité.

Je souhaiterais vous rencontrer. Puis-je compter sur vos facéties pour retrouver le sourire ?

Ophélie

Monsieur,

J'ai lu votre annonce avec intérêt, il y manque une information capitale.

Êtes-vous immortel ?

Si c'est le cas, ne comptez pas sur moi.

J'aime trop le changement, la variété, découvrir du nouveau.

Je ne supporterais pas une éternité passée avec toujours à côté de moi la même tête sur l'oreiller…

Je lui ai répondu :

Je ne tiens pas à être immortel, j'ai même peur de l'être quand je vois la désespérance de vie augmenter.

Monsieur,

Je suis la fille d'un des plus grands écrivains français. Les relations avec ma famille ont été tumultueuses, on me prétendait folle. Entre une mère instable et un père maladivement égocentrique, j'avais de bonnes raisons de l'être.

En plus la noyade de ma sœur Léopoldine m'a dévastée. Ma vie amoureuse a été riche, j'étais paraît-il très belle, j'ai eu une liaison avec le peintre Delacroix et j'étais follement amoureuse d'une officier anglais qui ne m'aimait pas assez.

Je suis immortelle depuis 1915.

Je suis revenue sur terre un moment grâce à Truffaut et Isabelle Adjani.

Voulez-vous partager un moment d'éternité avec moi ?

Adèle H

Monsieur,

Votre annonce m'amuse, je pense être éternelle depuis 30 av JC. Je suis morte à 40 ans d'une mort venimeuse.

Je crois, en toute modestie, être belle.

Pascal a écrit de moi que si mon nez avait été plus court la face du monde aurait été changée. C'est vrai, j'ai fait tourner pas mal de têtes couronnées.

J'ai eu les deux hommes les plus puissants de la terre, Marc Antoine et Jules César.

Je reste néanmoins curieuse du charmant anonyme que vous devez être.

Je suis une séductrice et crois être capable de séduire encore. Laissez-moi essayer, laissez-vous séduire…

Cléopâtre

Avis de Sylvie

Connais-tu le tableau de Cabanel *Cléopâtre essayant des poisons sur des condamnés à mort* ? Fais attention à ne pas devenir un condamné à mort.

Elle est capable de tout. Elle est venimeuse.

Cher Jean-Louis,

Votre annonce est inattendue, elle pourrait être le titre d'un roman.

Je m'appelle Louise, je suis née en 1900, ma famille était dans les graines, moi j'ai semé des mots.

Vous connaissez peut-être un de mes romans. Il a été adapté au cinéma par le grand réalisateur Max Ophuls avec Danielle Darrieux, Vittorio De Sica et Charles Boyer. Le film était trés réussi. Il s'appelait Madame de…

Louise de Vilmorin

Avis de Sylvie

Sache qu'elle ne se contente pas de peu.
Elle a été la compagne de Malraux.

Je viens de découvrir chez le fleuriste du marché une fleur que je ne connaissais pas, elle est d'un violet vif, superbe.

J'ai appris du fleuriste son nom, statice, et surtout qu'elle est immortelle.

Avec le temps, le violet s'adoucit mais elle continue d'être belle.

Elle serait parfaite pour le bouquet d'une mariée immortelle.

Depuis, au lieu des roses, j'apporte à Sylvie des statices.

Si j'étais mort avant toi Sylvie, je suis sûr que tu m'aurais organisé un bel enterrement.

Tu aurais invité tous nos amis. Et la Noiraude et Antivol...

Toi qui aurais été plus malheureuse qu'eux, tu les aurais consolés.

Tu aurais choisi les fleurs que j'aimais, tu aurais fait lire des extraits de mes livres, tu aurais choisi les musiques que j'aimais.

Malgré ton chagrin, tu aurais été souriante, moi qui t'ai fait pleurer souvent, ce jour-là je ne t'aurais pas fait pleurer.

Tu te serais occupée du chagrin des autres.

Toujours les autres avant toi.

En mourant la première, tu as évité des larmes.

Qu'est-ce que j'en sais ? Peut-être qu'on pleure au ciel.

La pluie c'est peut-être les larmes de ceux qui regrettent de ne plus être vivants.

Pluie et pleurs commencent de la même façon…

Si j'étais mort avant toi, comment aurais-tu réagi ?

Je ne te vois pas mettre une annonce dans le journal, pour trouver un mari.

Tu étais la discrétion, tu n'aimais pas parler de toi, comme si tu étais un passager clandestin sur cette terre.

De toute façon si tu avais cherché un mari, tu n'aurais eu qu'à te baisser pour le ramasser, je suis sûr qu'il y avait foule.

Je t'aurais rédigé avant de partir une annonce pour donner aux hommes l'envie d'être veuf.

Veuve, charmante, fine, délicate, cultivée, courageuse, avec humour, cherche veuf, état neuf…

Voici Sylvie, la dernière réponse que je t'envoie :

Bonjour monsieur,

Je vous réponds suite à votre annonce.

Je m'appelle Ida Hammershøi, je vous écris depuis Copenhague. Vous m'avez certainement déjà vue dans les tableaux de mon mari Vilhelm, mais vous n'avez certainement jamais vu ma frimousse. Mon mari me peint toujours de dos.

C'est un grand jaloux, il a peur que les amateurs de peinture découvrent mon visage, qu'ils deviennent tous amoureux de moi, qu'ils veuillent m'enlever.

Il ne veut pas perdre son modèle.

Laissez-moi tourner la tête vers vous, le moment est peut-être venu de montrer mon visage...

Avis de Sylvie

Ne t'emballe pas une fois encore Jean-Louis. Elle veut te faire fantasmer, elle n'est peut-être pas si belle que ça.

Tu ne trouves pas bizarre que son mari ne veuille pas la peindre de face ?

Peut-être qu'elle louche ?

Comment aurais-tu réagi, toi Sylvie, à mon annonce ? Aurais-tu répondu ?

Sylvie m'a répondu :

Elle m'aurait fait rire, tu as toujours su me faire rire, c'est pour ça qu'on est resté ensemble, sinon…

C'était difficile le quotidien avec toi, c'était tous les jours, ta mauvaise humeur, ton pessimisme, tes emballements qui devenaient vite des agacements. Ton impatience, tu voulais tout tout de suite. Et je garde le meilleur pour la fin, ton égocentrisme. Tu t'es toujours comporté comme un sale gosse, un enfant gâté.

Les choses importantes c'était ce qui te concernait, au début c'était tes films et après tes livres.

Je me souviens un jour ta mère qu'on voyait régulièrement m'avait appelée, en disant :

« J'avais envie d'avoir des nouvelles de vous Sylvie, quand Jean-Louis est là c'est impossible, on ne parle que de lui. »

Ma chère Sylvie,

J'ai parfois l'impression d'avoir un peu gâché ta vie, avec mes fredaines et mon inquiétude.

Tu n'étais pas libre avec moi, tu n'avais pas le droit d'être en retard, il fallait toujours que je sache où tu étais, tu étais ma chose, ma plus belle chose.

Les gens que j'aimais et dont j'avais besoin n'avaient pas le droit de mourir, leur mort était un abandon de poste, je ne pouvais pas pardonner.

Tu es morte sans me demander la permission. Tu te doutais bien que j'allais refuser.

Nous avons vécu dix ans ensemble dans la maison de Paris. Elle est devenue de plus en plus charmante, Sylvie l'a couverte de roses à l'extérieur et de tableaux à l'intérieur.

On s'y sentait bien, on y a passé de délicieux moments avec beaucoup d'amis et deux chats, chacun le sien, Souris et Timide.

Pour durer plus longtemps, on a fait ensemble du sport. On partait tous les matins au bois de Vincennes en short et on trottinait pendant une heure. On croisait beaucoup d'oiseaux.

Un jour je suis rentré seul.

Manuela m'a demandé où était Madame, je lui ai dit « Madame vous ne la reverrez plus »…

Madame est restée quatre jours à la Salpêtrière, inconsciente, les résultats des electro-encéphalogrammes n'étaient pas bons.

Un médecin courageux m'a conseillé d'arrêter la réanimation. J'ai été soulagé, j'avais la hantise qu'elle se réveille avec des dégâts irréversibles, elle ne me l'aurait pas pardonné...

Elle était rentrée dans l'éternité, moi dans la solitude.

C'était la veille du jour où elle devait faire des photos pour la sortie de son premier livre, sur les retraités.

Ce sera son dernier livre.

Je n'ai plus jamais été courir au bois de Vincennes, et j'ai vendu notre jolie maison en viager.

Le nouveau propriétaire est délicat. Chaque année il me souhaite bonne santé.

C'est la fin de l'histoire.

J'ai essayé de ranimer notre passé, notre bonheur, avec des mots.

Chère Sylvie,

Je ne lis plus les réponses qui continuent d'arriver.

Je n'en ai plus besoin.

Je regretterai seulement de ne pas avoir reçu une lettre de Monica Vitti.

Le veuf ne cherche plus rien…

Il a atteint sa date de péremption.

Il est arrivé en bout de piste.

Il s'est délesté de tout, il a vendu la maison de Charente, il n'a plus de voiture… Il est léger.

Il va pouvoir s'envoler avec Antivol, l'oiseau qui a le vertige. Il va rentrer dans l'éternité.

J'ai moins peur de mourir.

Je sais que je vais te retrouver.

On va être éternels tous les deux.

La Joconde, Néfertiti, Sissi, Alma, Clara, Emma Bovary, Carmen, Jeanne d'Arc, la Goulue, la Vierge Marie, La Mère Denis, Ella, Chimène...

C'était pour rire.

Ma femme éternelle, c'est toi.

On va passer l'éternité ensemble.

On est condamné l'un à l'autre, à perpétuité.

Tant pis pour toi, fini ton repos éternel.

Tu vas devoir à nouveau t'occuper de moi.

Soigner mes angoisses et parfois repasser ma chemise.

On va se remarier, on demandera à Pierre de nous refaire un discours.

T'inquiète pas, j'ai pris des bonnes résolutions, tu ne vas plus me reconnaître.

Je vais devenir un ange.

Du même auteur :

Grammaire française et impertinente, Payot, 1992.
Arithmétique appliquée et impertinente, Payot, 1993.
Peinture à l'huile et au vinaigre, Payot, 1994.
Le Pense-bêtes de saint François d'Assise, Payot, 1994.
Le C.V. de Dieu, Seuil, 1995 ; nouvelle édition Stock, 2008.
Le Pain des Français, Seuil, 1996.
Sciences naturelles et impertinentes, Payot, 1996.
Je vais t'apprendre la politesse, p'tit con, Payot, 1998.
Il a jamais tué personne, mon papa, Stock, 1999.
La Noiraude, Stock, 1999.
Encore la Noiraude, Stock, 2000.
Roulez jeunesse, un code de la route pour les jeunes, Payot, 2000.
Pas folle la Noiraude, Stock, 2001.
J'irai pas en enfer, Stock, 2001.
Mouchons nos morveux, Lattès, 2002.
Le Petit Meaulnes, Stock, 2003.
Antivol, l'oiseau qui avait le vertige, Stock, 2003.
Les Mots des riches, les mots des pauvres, Anne Carrière, 2004.
Satané Dieu !, Stock, 2005.
OGM, Organismes Gentiment Modifiés, Payot, 2006.
Mon dernier cheveu noir, Anne Carrière, 2006.
À ma dernière cigarette, Hoëbeke, 2007.
Histoires pour distraire ma psy, Anne Carrière, 2007.
Où on va, papa ?, Stock, 2008.
Poète et paysan, Stock, 2010.
Veuf, Stock, 2011.
Ça m'agace, Anne Carrière, 2012.
La Servante du Seigneur, Stock, 2013.
Trop, La Différence, 2014.
Manuel impertinent. Grammaire, Arithmétique, Sciences naturelles, Payot, 2014.
Ma mère du Nord, Stock, 2015.
Bonheur à gogos !, Payot, 2016.
Mon autopsie, Stock, 2017.
Dictionnaire amoureux du Nord, Plon, 2018.
Je ne suis pas seul à être seul, Lattès, 2019.
Je n'ai plus le temps d'attendre, Lattès, 2021
À quoi tu penses, Philippe Rey, 2021.

Un récit mordant sur la patience et son contraire.

« Aussi drôle qu'émouvant, Jean-Louis Fournier parle ici au nom de tous les enfants qui refusent de grandir. » *La Voix du Nord*

CET OUVRAGE A ÉTÉ COMPOSÉ PAR PCA
ET ACHEVÉ D'IMPRIMER SUR ROTO-PAGE
PAR L'IMPRIMERIE FLOCH À MAYENNE
POUR LE COMPTE DES ÉDITIONS J.-C. LATTÈS
17, RUE JACOB, 75006 PARIS
EN SEPTEMBRE 2022

PAPIER À BASE DE FIBRES CERTIFIÉES

JC Lattès s'engage pour l'environnement en réduisant l'empreinte carbone de ses livres. Celle de cet exemplaire est de :
550 g éq. CO_2
Rendez-vous sur www.jclattes-durable.fr

N° d'édition : 01 – N° d'impression : 101081
Dépôt légal : octobre 2022
Imprimé en France